Tief in den Stollen des alten Bergwerks tut sich was – und alle im Dorf können es spüren. Die Wirtin Susa zum Beispiel, wenn sie im »Espresso« nachts die Pumpen von den Ketchup-Kübeln schraubt. Oder der alte Wenisch, ihr letzter Stammgast. Oder Teresa, wenn sie oben am Waldrand steht, wo schon die Wiese aufreißt. Zuallererst aber hat es der schweigsame Martin gespürt, bis er dann eines Morgens die Kontrolle über sein Auto verlor. Es ist, als würde der Berg zittern, als könne er jeden Augenblick in sich zusammenbrechen. Nur Merih ahnt noch nichts. Gerade erst im Ort angekommen, sucht er einen Neuanfang – ausgerechnet hier.

MARIE GAMILLSCHEG, geboren 1992 in Graz. Lebt in Berlin, arbeitet als freie Journalistin u.a. für ZEIT Campus. Veröffentlichungen in zahlreichen literarischen Zeitschriften und Magazinen. Ihr Roman »Alles was glänzt« landete auf der ORF-Bestenliste, wurde für den aspekte Literaturpreis nominiert und mit dem Österreichischen Buchpreis für das beste Debüt 2018 ausgezeichnet.

MARIE GAMILLSCHEG

ALLES WAS GLÄNZT

Roman

btb

Sollte diese Publikation Links auf Webseiten Dritter enthalten,
so übernehmen wir für deren Inhalte keine Haftung,
da wir uns diese nicht zu eigen machen, sondern lediglich auf
deren Stand zum Zeitpunkt der Erstveröffentlichung verweisen.

 Dieses Buch ist auch als E-Book erhältlich.

Verlagsgruppe Random House FSC® N001967

1. Auflage
Genehmigte Taschenbuchausgabe Dezember 2019
btb Verlag in der Verlagsgruppe Random House GmbH,
Neumarkter Straße 28, 81673 München
© 2018 Luchterhand Verlag in der
Verlagsgruppe Random House GmbH
Umschlaggestaltung: semper smile, München
nach einem Entwurf von buxdesign, München
unter Verwendung eines Motivs von © groß/Shutterstock
Druck und Einband: GGP Media GmbH, Pößneck
cb · Herstellung: sc
Printed in Germany
ISBN 978-3-442-71899-3

www.btb-verlag.de
www.facebook.com/btbverlag

Fressen und gefressen werden, das war schon immer so.
Am Anfang war ein Meer.

(0,0)

Alles schläft. Nicht die Nacht, der Tag höhlt die Häuser aus. Tagsüber schwarze, leere Löcher. Manche sind ausgebrannt. Da hat wer randaliert. Da hat wer die alten Matratzen verbrannt, und jetzt liegen nur mehr Drahtgestelle herum. Nachts kann man glauben, dass hier Menschen schlafen, dass hier am nächsten Morgen Menschen aufstehen, in Autos steigen und zur Arbeit fahren. Aber seit der Journalist hier war, sind viele in die Stadt gezogen, und Susa vermietet ihre Zimmer dauerhaft zum Nebensaisonpreis. Man klopft noch immer auf die Plakette am Boden vor der Kirche: *ZUR STADT ERHOBEN 1857*, wie um zu überprüfen, ob sie noch immer da ist, eingelassen in den Boden. Die Plakette bleibt. Man darf sich offiziell Stadt nennen. Nur die Katzen bleiben über, wenn es Abend wird. Sie haben sich das alte Tourismusbüro ausgesucht; das ist ihr Revier. Sie legen sich in die Regale, rollen sich eng ein, erbrechen Gras zwischen den Altpapierstapeln. Sie zerren tote Maulwürfe durch den offenen Türspalt.

Der rote Knopf im Schaubergwerk funktioniert nicht mehr, und niemand repariert ihn. Wenn man ihn jetzt drückt, gehen die blauen und violetten und weißen Lichter nicht an, die den Fels bestrahlen, geht die Stimme nicht an, die die Sage vom Blintelmann erzählt, und in der Höhle ist es immer nur dunkel. Der Bürgermeister sagt: Wer weiß, ob sich das lohnt. Damit der rote Knopf wieder funktioniert, damit der Blintelmann wieder spricht und die Lichter leuchten, müssen alle elektrischen Leitungen getauscht werden und wer weiß, ob sich das lohnt. Man muss sich vorstellen, sagt der Bürgermeister: Man tauscht die Leitungen und dann auf einmal, genau dann, natürlich genau dann, wird eine tragende Stollenwand gesprengt, oder sie löst sich durch die Erschütterung und ein Stollen klappt in sich zusammen, in einen anderen Stollen, und der in einen weiteren Stollen, und das Geröll aller Stollenwände bricht auf den Ort, die Häuser brechen ineinander, Staub in Staub, wie der Journalist geschrieben hat, dass es passieren wird.

Man denkt an die Zeitung damals. Auf dem Titelblatt war der Umriss des Berges abgebildet, in eine Holzscheibe geritzt, zersetzt von Nagekäfern. Wie ihn die Kinder in der Schule früher in die Kartoffeln geschnitzt und auf Tischdecken gedruckt haben: Auf der einen Seite ein steiler glatter Hang, auf der anderen führt die Flanke etwas länger ins Tal, am Fuße des Berges drängen sich Bäume und Häuser.

Überall Gänge, Löcher. Höhlen.
　　Stollen und Schächte.

Schon jetzt brechen bei den Sprengungen kleinere Schächte zusammen, stand in der Zeitung. Schon jetzt brechen die Böden ein, die Steine rieseln die Etagen hinunter, und wenn es so weitergeht, ist der Berg irgendwann einfach hohl. Jahrhundertelang grub man von unterschiedlichen Etagen und Seiten Stollen in den Berg, man grub einfach drauflos, den Erzspuren hinterher. Erst im Nachhinein hat man versucht Pläne anzufertigen, aber zu groß, zu verworren das Netz an Stollen. Immer wieder neue Abzweigungen, neue Höhlen und Luftlöcher in der Erde, von denen niemand weiß, zu welchem Schacht sie gehören.

Ob man von dem Grubenunglück in Lengede gehört hat?
  Von der Gasexplosion in dem Bergwerk in Donezk?
  Warum sind Chinas Kohlegruben so gefährlich?
  Manchmal läuft was im Fernsehen.

Man stellt sich einen großen Knall vor. Oder es passiert ganz leise. Ein Rauschen, wie eine Welle, die ins Tal schlägt. Das man zuerst hört, dann sieht.
  Ein Rauschen, das man sehen kann!

So denkt man es sich zurecht. Wenn man in der Kirche am Weihwasserbecken steht. Wenn man im *ESPRESSO* an der Bar sitzt und Susa beim Gläserputzen zusieht, oder wenn man die Hand ins Brunnenwasser streckt, wenn man sich eigentlich gerade die Zierleiste der Häuser auf dem Hauptplatz näher anschauen will.

Der Journalist hat unrecht, da sind sich alle im Ort einig. Der Bürgermeister weiß das auch. Aber trotzdem, sagt er. Man denkt natürlich daran. Susas Katze hat einmal ein neues Hüftgelenk bekommen, und in der Woche darauf fand Susa die Katze mit dem steifen Bein angelehnt an der Hauswand. Jemand hat sie überfahren, und der Tierarzt hat das Hüftgelenk noch bei einer anderen Katze einbauen können, Susa hat ein bisschen Geld zurückbekommen, aber nicht viel. Susa denkt daran.

Früher ist man abends oft bei Susa im *ESPRESSO* zusammengesessen, die Alten und manchmal auch die Jungen. Damals ist man um die kleinen Tische gesessen und nicht alle an der Bar. Auch der Journalist hat sich dazugesetzt, als er im Ort war, damals, vor zehn, fünfzehn Jahren. In Pantoffeln ist er hinunter in den Gastraum. Die Alten haben sich nichts dabei gedacht. Er hat nach dem Leben im Ort gefragt, nach Plänen von den Schächten, nach den Archiven, er hat Schnaps getrunken und Bier und wieder Schnaps, er hat immer mitgetrunken und verstanden, wie das funktioniert: wann der Zeitpunkt ist, aufzustehen und an der Bar noch eine Runde für alle zu holen. Er hat auch erzählt, von sich, dass er eine Tochter hat und dass er gern wandern geht, aber die Tochter nicht und deshalb sei alles schwierig, mit dem Sommerurlaub, weil die Mutter wolle auch lieber in den Süden oder nach New York, das sei schwierig.

Ihr wäre er immer unsympathisch gewesen, sagt Susa. Er habe jeden Tag die Handtücher im Zimmer auf dem

Boden liegen lassen, und er wäre nie wirklich betrunken gewesen, immer noch kontrolliert, und immer hätte er nach dem Essen den Teller von sich geschoben, als würde er sich davor ekeln. Sie hätte es gleich gewusst, sagt Susa. Das sagt Susa erst später.

Wer durch den Ort geht, der weiß: Hier passiert etwas. Oder eher: Hier ist etwas passiert. Man grüßt sich nicht auf der Straße. Der rote Knopf ist kaputt. Seit der Journalist hier war, kommen keine Touristen mehr, und der rote Knopf im Schaubergwerk wird nicht repariert. Man weiß nicht mehr, wie das war: ob der rote Knopf kaputtging, als der Journalist hier war, oder ob der rote Knopf schon vorher nicht mehr funktionierte und nicht mehr repariert wurde, weil der Journalist hier war. Auf jeden Fall hat der was damit zu tun. Jetzt ist es immer dunkel in der Höhle, und man sieht nicht, wie die Wände glänzen, wie alles, was glänzt, so viele Farben hat, und man kann sich nicht mehr fragen, ob zuerst das Glänzen oder die Farben waren.

* * *

Das Glänzen! Teresa sitzt vor der Zimmertür und hält ihre Hände ganz nah an die Augen. Beim Zeigefinger hat sie nicht ruhig gehalten und den silbernen Lack über den Nagel hinaus aufgetragen. Sie muss wieder an die eineiigen Zwillinge aus der Doku denken, die gleichzeitig sterben. Die auch zur gleichen Zeit Kinder bekommen oder große Entscheidungen treffen, obwohl sie auf unterschiedlichen

Kontinenten leben. Teresa sagt: Es soll eineiige Zwillinge geben, denen es gleichzeitig gut oder schlecht geht, obwohl sie nicht wissen, was der andere macht oder wo er wohnt, das sagt sie zu ihrer Schwester Esther, das sagt sie zur Tür, sagt es in die Tür, hinter der Esther noch immer die weiße Decke anstarrt. Sie liegt rücklings auf dem Bett, noch immer die Hände zu Fäusten verkrampft.

Später wird sich kaum jemand dafür interessieren, wie es genau passiert ist. Ob Martin in der zweiten oder dritten Serpentine aus der Kurve geflogen ist. Ob es sich einen Moment für ihn so angefühlt hat, als ob er abhebt, ob es diesen Moment vor dem Aufprall überhaupt gibt. Ob sich das Auto mehrfach überschlagen hat, oder ob es nur einmal aufgeschlagen ist. Ob er sofort tot oder noch kurz bei Bewusstsein war. Ob er noch einmal gesehen hat, wie der Ort vor ihm auf dem Kopf steht. Ist hinter den Bergen schon die Sonne aufgegangen?

* * *

Der Lastwagenfahrer, der Martins Auto findet, hört vor allem: den Motor des Lastwagens, den er lenkt, wie er lauter wird, als er Gas gibt, dann leiser, als er schaltet. Das Gebläse der Lüftung, nachdem er den Motor ausgemacht hat, das Geräusch, als er die Handbremse zieht, wie dann etwas knackt im Auto; das warm gewordene Plastik der Armatur vielleicht. Er erkennt überhaupt erst spät, dass es ein Auto ist, das da vor ihm auf der Straße liegt.

Das Öffnen der Tür, wie der Innentürgriff wieder zurückschnappt, das Zuschlagen der Tür, dann nur die Vögel, der Wind, die Schritte am Schotter. Es ist noch früh am Morgen, so früh, dass alles noch in ein grelles graublaues Licht getaucht ist, die Konturen zu scharf, weil es so früh am Morgen noch keine Farben gibt, die sie weicher zeichnen. Es ist so früh, dass er einen Moment braucht, um zu verstehen, dass noch jemand im Auto sein könnte. Er probiert das Auto selbst umzudrehen, schafft es aber nur zu schaukeln. Dann ruft er die Polizei an.

Er stellt sich an den Straßenrand, wo es bis zur nächsten Serpentine, zur nächsten Etage des Berges, beinahe senkrecht hinuntergeht, schaut ins Tal und dreht sich nicht um, bis er die Polizei kommen hört.

Dem Polizisten erzählt er zuerst vom Hören: der Motor, das Knacksen, die Tür, das Schaukeln des Autos, die Stille danach. Die Feuerwehrmänner heben das Auto mithilfe eines ausfahrbaren Krans an und drehen es um. Die Windschutzscheibe ist zerborsten, und ein Feuerwehrmann schneidet die Fahrertür mit einer Bergeschere auf. Den Lastwagenfahrer überkommt eine Gänsehaut, das Metall, der Lack, das Plastik der Innenausstattung, alles nur ein Knacksen. Das Dach ist eingedellt, die Seite aufgeschnitten und der Lack zerkratzt, trotzdem sieht man, dass jemand gut auf das Auto aufgepasst haben muss.

Jemand hat das Nummernschild und die Felgen geputzt.
Jemand hat nichts auf der Rückbank liegen gelassen.

Er könne heute den restlichen Tag freimachen: Das sagt der Chef dem Lastwagenfahrer am Telefon. Er soll den Lastwagen zurückbringen, seine Arbeit wird ein Kollege übernehmen oder nicht, wer weiß, wie lange die Straße blockiert sein würde. Er solle sich keine Sorgen machen. Er sieht über die Serpentinen, die er gerade hinaufgefahren ist, hinunter ins Tal, er sieht, wie der Schulbus die Bundesstraße am rechten Rand des Tals entlangfährt, an der Haltestelle stehen bleibt, weiterfährt. Er sieht die Serpentinen unter sich, die wie Wellen ins Tal gehen, sie schneiden sich hellbraun in den orangeroten Berg wie die Altersringe eines aufgeschnittenen Baumstamms. Links von ihm, ein paar Serpentinen weiter unten, windet sich die Straße um einen türkisblauen Stausee herum, der in ein Becken zwischen den Etagen eingelassen ist. Vor ihm der Ort, von den grünen Hangseiten des Tals links und rechts eingeschlossen. Von hier oben sieht es so aus, als gäbe es nur die Farben Grün und Rot; die grünen Hügel, das Karminrot der spitzen Dächer der Häuser um den Hauptplatz, der orangerote Stein des Abbaubergs, auf dem er gerade steht, am Ende des Tals großflächiges Zinnoberrot: die alten Arbeitersiedlungen. Von hier oben sieht es so aus, als würde es im ganzen Tal nur die eine Straße geben, die Bundesstraße, die immer geradeaus in die Ferne führt. Von hier oben sieht der Ort so aus, wie er immer schon ausgesehen hat. Von hier oben kann man glauben, dass dort jeden Sonntag viele Menschen auf einen Markt gehen, dass es dort Feste gibt, wo Menschen Nägel in einen Baumstumpf einschlagen und danach Kinder das Konfetti vom Boden aufsammeln und ihre Zungen damit färben.

Der Lastwagenfahrer sieht, wie im Kiosk Licht angeht, er hört die Kirchenglocke. Dort ist das, was hier oben auf der Straße liegt, noch nicht passiert. Er denkt an die Geschichten, die man über den Berg und den Ort erzählt. Er denkt daran, wie er nach Hause fährt und sich wieder ins Bett legt.

Himmel, sagt der Polizist. Der Martin.

Martin ist nur noch ein schlaffer Körper, als man ihn aus dem Auto holt, eingeklemmt zwischen Lenkrad, Sitz und Dach.

Bis gerade eben hat der Polizist die Arme verschränkt, jetzt steckt er sein Hemd fester in die Hose, zieht die Hose hoch. Er ist der Einzige aus dem Ort. Die anderen, der Lastwagenfahrer, die Feuerwehrmänner, die Sanitäter, sind aus Nachbarorten, für sie ist es nur irgendein junger Mann in einer dunkelblauen glänzenden Sportjacke, die er bis oben zugezogen trägt, irgendein junger Mann mit dünnem glatten Haar, der schlaff und schwer in den Armen der Feuerwehrmänner hängt. Aber auch sie halten kurz inne. Er ist jung und sieht aus wie jemand, über den man sich erzählt, dass er im Leben noch alles vor sich hat, und sie verstehen nicht, wie genau so jemandem so was passieren kann.

Einer der Feuerwehrmänner spricht als Erster wieder.

Er war angeschnallt, das ist wichtig, sagt er, das muss in den Bericht.

Man legt ihn auf die Liege des Rettungswagens, die

Sanitäter beugen sich über ihn und auch der Feuerwehrmann und der Polizist, obwohl sie nicht müssen, aber ab dem Moment ist es, als gehörten sie irgendwie zusammen, als wäre es ihre gemeinsame Aufgabe, sich über Martin zu beugen und seinen Puls zu kontrollieren. Dann kommt der Arzt. Er zieht bald die Decke ganz über den Körper und setzt sich in sein Auto, um das Protokoll zu schreiben. Die Sanitäter bleiben stehen. Man nickt sich zu.

Im Tal beginnt etwas: ein Montag.

Der Polizist und der Lastwagenfahrer stehen am Straßenrand und schauen auf den Ort hinunter. Der Polizist erinnert sich, er hat am vergangenen Wochenende noch gesehen, wie Martin und Esther im Auto gesessen sind, in genau diesem schwarzen Auto, das jetzt keine Windschutzscheibe und keine Fahrertür mehr hat, sind sie an ihm vorbeigefahren, als er gerade an der Straße stand und auf den Bus wartete, um den Busfahrer persönlich zu fragen, warum er jeden Morgen später kam, die Leute beschwerten sich. Wahrscheinlich sind Esther und Martin in die Stadt gefahren oder in den Nachbarort, was die Jungen so machen, am Wochenende. Die Jungen, die ein Auto haben. Er weiß, dass Martin in der Pubertät ein Kind war, um das man sich Sorgen machte: immer allein, immer den Zippverschluss seiner Jacke im Mund. Oft lag er bäuchlings auf der Straße und trank aus Regenlaken, als er eigentlich schon viel zu alt für solche Dinge war, er kletterte in die Bäume und versteckte sich dort, bis die

Eltern den Polizisten riefen, wenn sie ihn nicht fanden. Und immer dieser Zippverschluss im Mund, immer dieses Nicken, ohne was zu sagen, wie hängen geblieben, wie eingependelt, aber dann kam Esther, und er kletterte nicht mehr in die Bäume, er begann zu arbeiten und kaufte sich ein Auto, dieses große schwarze Auto, und fuhr am Wochenende mit Esther in die Stadt oder in den Nachbarort.

Und was machen Sie hier oben, so früh am Morgen, fragt der Polizist den Lastwagenfahrer. Schaut ihn von der Seite an.

Der Lastwagenfahrer zögert kurz, hält dem Polizisten eine zusammengedrückte Schachtel Zigaretten hin, Rückbau sagt er dann. Er zündet sich eine Zigarette an. Der Polizist nimmt keine.

Ich habe gedacht, die Jungen sind sowieso schon längst weg, sagt der Lastwagenfahrer.

Der Polizist schüttelt den Kopf. Dann schüttelt auch der Lastwagenfahrer den Kopf.

Schon verrückt, sagt er, da hat man immer Angst, dass der Berg einen umbringt, und dann ist es wirklich so, nur, er schüttelt den Kopf, macht seine Brusttasche auf, macht sie wieder zu, dann doch irgendwie anders.

Mittlerweile ist die Sicht klar. Die Sonne muss irgendwo hinter den Wolken aufgegangen sein. Die Steine, der Wald, die Dächer haben ihre echten Farben.

Ich muss dann, sagt der Lastwagenfahrer und bleibt stehen. Ich muss in die Firma, sagt er, schaut den Polizisten an, schaut hinunter in den Ort, auf das Auto.

Wenn das in Ordnung ist, dass ich gehe, sagt er.

Jaja, sagt der Polizist und der Lastwagenfahrer öffnet die Tür zur Fahrerkabine. Der Polizist hat sich umgedreht und zieht seine Hose hoch.

Die guten Familien, die bleiben, sagt er.

* * *

Ein paar Stunden später ist der Ort ein einziges Kopfschütteln. Man weiß zu wenig. Man denkt vor allem über früher nach. Der Polizist hat sein Bestes getan. Er hat Martins Mutter an die Schulter gefasst, kurz zugedrückt, aber sie hat gesagt, nein, das kann nicht sein, Martin ist bei der Arbeit, Martin hat sein Bett heute Morgen noch gemacht und ist dann in sein Auto gestiegen und zur Arbeit gefahren, Martin hat sich doch die Außenfarbe des Neubaus aussuchen dürfen, Martin installiert gerade irgendwo fremden Menschen ihre Internetanschlüsse, und abends wollte sie doch Lasagne machen, genau heute wollte sie Martin doch Lasagne machen und dann Martin zusehen, wie er ihre Lasagne isst. Der Polizist steht da, seine Hände in den Hosentaschen, seine Hände hinter dem Rücken, will sagen, dass es eigentlich wie früher ist, als sich Martin in den Kirschbäumen versteckt hat: dass man nur geduldig sein muss.

Martins Vater ist auf dem Sofa sitzen geblieben.

Auf dem Berg, sagt er, wo genau. Heutzutage weiß keiner mehr, dass die Etagen alle Namen haben, dass sie Namen berühmter Bergarbeiter oder Heiliger haben, und es wäre schon interessant, auf welcher Stufe.

Der Polizist bleibt vor dem Haus stehen. Das Haus ist gelb, der Neubau dunkler, fast orange. Pfirsichfarben, Esther hat gesagt, Pfirsich ist freundlich, er erinnert sich, Pfirsich ist immer irgendwie modern.

* * *

Irgendjemand hat es ihr sagen müssen. Teresa hält Esther am Arm und sagt: atmen. Du musst ruhig atmen. Aber Esther verkrampft nur ihre Finger und Zehen, jetzt auch die Beine, die Arme, sie spreizt sie von sich, als hätte sie auf einmal Gelenke an ungewöhnlichen Stellen, als wären sie mehrfach gebrochen, oder als würden sie einfach nicht mehr zu ihrem Körper gehören. Du musst atmen, ruhig einatmen, ausatmen, einatmen, sagt Teresa und bekommt auf einmal selbst keine Luft mehr, sie drückt Esther immer fester, und Esther schaut nur auf ihre eigenen steifen Finger, auf ihre Beine, die von ihrem Körper abstehen; ihre Augen, ihr Mund, sind weit geöffnet, kein Laut, kein Atemzug, ich rufe einen Arzt, sagt Teresa, ich rufe die Eltern, sagt sie und läuft aus dem Zimmer, läuft wieder hinein, und Esther schüttelt nur den Kopf, ich rufe jetzt wirklich einen Arzt, sagt Teresa, und als Esther tief Luft holt, danach alles ein großes Zittern, das Atmen, die Beine, die Finger, ist sie schon hinaus, die Straße hinunter, in das pfirsichfarbene Haus hinein, und Teresa kann sie nicht mehr am Arm zurückziehen und läuft hinterher. Esther macht die Tür hinter sich zu. Teresa traut sich nicht, sich vor der Tür auf den Boden zu setzen, wenn Martins Mutter kommt, was würde die denken, in dem fremden Haus, auf dem neuen Laminatboden. Sie versucht sich auf etwas zu konzentrieren. Auf den kleinen Spalt zwischen Boden und Tür zum Beispiel. Auf das silberfarbene Muster auf ihren Fingernägeln. Auf den Geruch von Leim, von frisch gestrichenen Wänden. Sie versucht etwas zu hören, aber sie hört nur ein Knirschen, ein Knirschen der Decke vielleicht, wie sie sich über ihr ausdehnt.

* * *

Es bleibt nur das Kopfschütteln. Das Bingo bei Susa fällt heute aus. Der Verein zur Erhaltung der alten Pressmühle hat sein wöchentliches Treffen abgesagt.

Susa probiert ein paar Sätze aus, die sie immer sagt, wenn jemand im Ort stirbt.

Sie sagt:

Er hat sein Leben gelebt.

Sie sagt:

Es war besser für ihn so, am Ende.

Sie sagt:

Er war ja wer bei uns, man wird ihn nicht vergessen.

Dann füllt sie Erdnüsse in ein Schälchen. Die Nüsse sind ganz klein in ihren Händen. Sie isst wie jemand, der will, dass ihm die Zähne wehtun oder dass er sich irgendwann auf die Zunge beißt. Dabei schaut sie auf den Fernseher in der Ecke.

Susa sagt: Wenigstens hat er nicht lang leiden müssen.
Sie dreht die Musik lauter.

Wenisch fragt Susa, ob das Wetter anhalte, ob jetzt der Sommer komme.

Susa holt den Waschlappen aus der Küche, hebt das Metallgitter der Bierausschenke und putzt es.

Man kann wiederholen, was der Bürgermeister zur Zeitung gesagt hat: In der Stadt wäre das nichts, aber hier, bei uns, das trifft uns direkt ins Herz.

Wie der immer auf die Tränendrüse drückt, der, sagt Susa.

Sie macht die Musik aus, schaltet den Fernseher lauter.

Sie fixiert einen Punkt in der Ferne, verhakt ihren Blick in dem weißen Spitzenvorhang vor den Milchfenstern. Wenn sie ganz ruhig steht, spürt sie ein Zittern in ihrem ganzen Körper, ein leichtes Schütteln der Arme, der Beine, der Haut am Hals.

Man muss sich die Sachen zurechtdenken. Man muss sich die Geschichte zusammendenken, sonst wird man verrückt.

Als meine Mitzi in die Stadt gezogen ist, habe ich das auch gemacht, sagt Wenisch. Er prostet Susa zu. Sonst wird man verrückt.

Wenisch schleckt seinen Zeigefinger ab und fährt damit über die Innenseite des leeren Schälchens, schleckt dann das Salz und die Erdnussbrösel von seinem Finger. Er sitzt noch ein bisschen an der Bar. Ein bisschen länger heute oder kürzer oder gleich lang wie immer. Durch das gelbbraune Milchglas sieht es so aus, als wäre bei Susa immer Licht, die ganze Nacht.

* * *

Später, Tage später, als man weiß, dass Martin aus der fünfundzwanzigsten Serpentine geflogen sein und das Auto sich mehrfach überschlagen haben muss, dass er an gleich mehreren seiner Verletzungen hätte sterben können, der Milzriss, die durchtrennte Halswirbelsäule, und wahrscheinlich gleich tot war, redet kaum wer darüber, was genau passiert ist. Von Hubertus hat es ihn aus der Kurve geworfen, auf Thekla ist das Auto auf dem Dach liegen geblieben.

Das macht keinen Sinn, sagt der Vater.

Wenn man vor die Tür tritt und der erste Blick auf den Berg fällt, dann bleibt man jetzt kurz stehen. Man redet davon, wann man Martin zuletzt gesehen hat. Der Bürgermeister hat ihn letzte Woche gesehen, als er den Router im Gemeindeamt repariert hat. Der Polizist hat gesehen, wie er und Esther am Wochenende im Auto an ihm vorbeigefahren sind. Wenisch muss daran denken, dass er noch letzte Woche mit Martin über Mitzi geredet hat, seine Mitzi, hier an der Bar im *ESPRESSO*, und Susa sagt, das Letzte, was ich ihm gesagt habe, ist, dass ich ihn nicht mehr anschreiben lasse, wenn er nicht am Monatsende pünktlich zahlt.

Wenisch sagt: Der Blintelmann hab ihn selig.

Teresa hat ihn das letzte Mal am Sonntag gesehen. Martin ist zum Essen zu ihnen nach Hause gekommen, und danach sind Esther und er in ihr Zimmer gegangen, und Teresa hat währenddessen im Fernsehen gesehen, dass es eineiige Zwillinge geben soll, die gleichzeitig sterben. Die auch zur gleichen Zeit Kinder bekommen und große Entscheidungen treffen, obwohl sie auf unterschiedlichen Kontinenten leben. Es soll eineiige Zwillinge geben, denen es gleichzeitig gut oder schlecht geht, obwohl sie nicht wissen, was der andere macht oder wo er lebt, das hat Teresa gesehen, als sie Martin zum letzten Mal gesehen hat, und das erzählt sie Esther durch die Tür, und wie ist das in der Liebe, hast du was gespürt?

Diesen Sommer wird es keine Kirschen geben. Martins Mutter hat alle Blüten vom Baum geschüttelt, und Martin sitzt nicht in der Baumkrone, aber Esther liegt noch immer im Bett und starrt die Decke an. Wer durch den Ort geht, der weiß: Hier ist was passiert. Noch immer kommt jeden Morgen der Schulbus, bleibt stehen, fährt weiter. Das Licht im Kiosk geht an, und die Glocke im Schichtturm schlägt.

Aber jetzt schläft alles. Alles ist dunkel. Nur bei Susas orangefarbenen Milchfenstern weiß man nie, ob drinnen Licht ist oder nicht. Irgendwo surren Insekten, jetzt schon wie im Sommer. Die Katzen schlecken ihre Jungen so fest, als wollten sie ihnen das Fell abziehen. Dann kotzen sie Haare aus. Am Ortseingang fehlt das Ortsschild. In wenigen Stunden wird Teresas Mutter den Laden aufmachen, wird den Ständer mit den Angeboten hinausstellen.

Merih hat noch nicht ausgepackt. Er stellt seinen Laptop auf den Schreibtisch, mit Blick auf die Dächer, die Berge, den Berg, und schreibt:

martin ist weg

Alles schläft, fast alles.

Fressen und gefressen werden, das war hier schon immer so. Am Anfang war ein Meer. Flechten und Algen bewuchsen die Steine. Schwämme und Würmer besiedelten das Wasser, später auch Seeigel, Seesterne und Armfüßer. Kellerasseln und schneckenähnliche Tiere grasten den Meeresboden nach Bakterien ab. Ein Hai mit stacheligem Kopf erbeutete Kleinfische. Als die Erde abkühlte, starben die Meere aus. Es bildeten sich Berge, und die Platten begannen zu schwingen, dann brachen die Vulkane aus. Ein saurer Regen kam über das Land, vom Himmel fielen Steine. Es gab keine Oberflächen mehr, nur eine sich selbst ausspeiende Lavaschicht, die sich lange nicht beruhigte. Als die Erde abkühlte, blieben aus den Meeresüberresten große Kalkhaufen zurück, sie reagierten mit Wasser zu Eisenkarbonat. 400 Millionen Jahre später kollidierten die Platten, und der Berg faltete sich zum zweiten Mal auf.

Am Anfang war ein Meer.

(700,0)

MERIH

Wenn er zumindest ein Hobby hätte, hat sie am Abend zu ihm gesagt, oder eigene Freunde. Lara aschte ins Spülbecken in der Küche, während Merih am Fenster lehnte und mit den Fingern gegen seine geschlossenen Augen drückte. Sie finde es befremdlich und in dieser Befremdlichkeit auch wieder interessant, dass er einfach gar kein Profil habe.

»Du bist wohl ein uninteressierter und deshalb, das ist die Frage, wahrscheinlich auch ein uninteressanter Mensch«, sagte Lara.

Merihs Augen brannten, als er sie öffnete. Er wollte die ganze Nacht packen, aber dann war er nach einer Stunde fertig und konnte nicht einschlafen.

Als Merih heute Morgen die Wohnung verließ, saß Lara wieder in der Küche und kratzte und zupfte an den Rändern ihres Nagellacks, ließ ihn auf den Tisch bröseln. Von manchen Fingern zog sie ihn in einem Stück ab. Er blieb in der Tür stehen, sagte, er gehe jetzt, blieb dann noch weiter stehen, sah sie an, sie sah ihn nicht an, dann ging er.

Merih ist mit der Regionalbahn aus der Stadt bis zur Endhaltestelle gefahren. Dort hat er ein Taxi genommen und sieht seitdem durch das heruntergekurbelte Fenster nach draußen. Draußen: zur einen Seite grobmaschige Netze, die über die Felsen am Straßenrand gespannt sind, ein Schild *ACHTUNG STEINFALL*. Zur anderen Seite grüne Hügel, wie von einem Eisportionierer in gleich große Halbkugeln geformt. Ein Plakat, das *100 EXOTISCHE GIRLS* verspricht, ein Haus mit einer rot blinkenden Reklameschrift, *OPEN open OPEN*. Geradeaus: eine Straße, die den Felsen und Hügeln nach links und rechts, oben und unten ausweicht und sich so immer weiter ins Tal schraubt.

Irgendwo hier in den Bachbetten zwischen den Hügeln müssen die Nutrias leben. Merih hat gelesen, dass es im Tal eine Nutriafarm gibt, von der in den letzten Jahren so viele Nutrias ausgebrochen sind, dass sich von selbst ein natürlicher Bestand aufgebaut hat. Was ist der Unterschied zwischen einer Nutria und einer Bisamratte?

Merih schaut auf sein Handy. Dann wieder nach draußen. Keine Nutrias am Bach, an dem die Straße entlangführt.

Auf einem Hügel drängen sich mehrere Häuser sonderlich nah zusammen, als wäre die grüne Wiese ringsum nicht betretbares, nicht bebaubares Gebiet. Merih denkt an die vielen Schlangen in seinem Zimmer, als er ein Kind war, über die er jede Nacht springen musste, um ins Bett zu kommen; das lange Wachbleiben, wenn er doch eine berührte.

*Stabilisierung der Siedlungsgebiete, Optimierung der Wohn-
raumstrukturen.* Für diese Landschaft also wird er eine
Rolle spielen. Er wird die Menschen davon überzeugen,
in neue Wohnungen im Ortszentrum zu ziehen. Hier
wird er arbeiten und damit Geld verdienen und das Geld
dann ausgeben. Er wird auf Berge gehen, um Gipfel zu
besteigen, er wird einen Sommer lang in einem Ort
wohnen, wo es Bäcker, Lehrer und Wirte gibt, die zu
Bäckern, Lehrern und Wirten ausgebildet wurden und
das dann tatsächlich sind, wo die Jugendlichen heimlich
hinter dem Gemeindeamt rauchen. Wo alles eine ein-
deutige Funktion hat. Er wird schon nach kurzer Zeit
alle Bergspitzen in der Umgebung benennen können,
und er wird wissen, wie Erz abgebaut wird. *Eine zu-
kunftsorientierte Wohnraumplanung benötigt eine gefestigte
Infrastruktur.*

Lara ist in einem der Orte entlang der Schnellstraße vor
ein paar Jahren bei einem Volkstriathlon mitgelaufen.
0,5 Kilometer Schwimmen, 32 Kilometer Radfahren, 7 Kilometer Laufen. Damals sei ihr aufgefallen, dass das Bin-
nen-L hier stets in einen Diphthong umgeformt wird, erzählte sie ihm, zu *OI* oder zu *AI*, wie es in der Stadt schon
seit Jahrhunderten nicht mehr passiere.

»So in die Täler fahren«, sagte sie, »das ist schon immer
wieder spannend.«

Die Taxifahrerin wird sich fragen, warum er so gut gelaunt
ist, warum er immer wieder auf die Plastikverkleidung unter dem Autofenster trommelt, während er nach draußen

sieht. Vielleicht macht sie sich gerade ein Spiel daraus, ihn nicht anzusehen und sich zu überlegen, woher er kommt und warum er in den Ort fährt? Er wird ihr nichts sagen, und sie wird noch lange an ihn denken.

Draußen vor dem Autofenster weiter: Hügel, Hügel. Ein Nadelwald, kleine Hütten aus von der Sonne gebleichten Holzbrettern, eine Kapelle mit Sitzbank davor, direkt an der Schnellstraße. Das Grün der Wiese wird in einer scharfen, geschwungenen Linie vom Hellblau des Himmels geschnitten. Kühe grasen an einem Holzzaun direkt an der Straße. Wie kann man aus einer Umgebung heraus unglücklich werden, in der nicht Gebautes, sondern die Natur die Geometrie der Landschaft bestimmt? Auf einmal eine Geschwindigkeitsbeschränkung, ein gelbes Plakat mit schwarzer Aufschrift, *BAUERNSILVES-TER Music & Power*, eine Bushaltestelle an einer Weggabelung.

Merih, Regionalmanager. Und Sie sind?

Das Taxi wird langsamer und hält am Straßenrand. Merih hat die Scheine schon während der Fahrt aus seinem Portemonnaie gesucht und reicht der Taxifahrerin das Geld gleich in der passenden Summe nach vorne. Als er aussteigt, klopft er mit der flachen Hand auf das Auto und muss im selben Moment daran denken, dass nur Menschen in Filmen auf Taxis klopfen und vielleicht deshalb mittlerweile Menschen tatsächlich auf Taxis klopfen.

Merih blinzelt. Es ist hell hier. Einen Moment lang bleibt er an der Straße stehen.

Irgendwo ein Rauschen. Vielleicht Blätter eines Baumes oder Gräser irgendwo im Wind.

Ein Fenster in dem Haus neben der Bushaltestelle steht einen Spalt offen. Der weiß bestickte Vorhang fängt erst in der Mitte der Fenster an und geht bis zur Fensterbank. Leise Musik. Die Singstimme klingt metallisch, und wenn sie lauter wird, kracht es. Es riecht nach Rinderbrühe, nach in Wasser erhitzten Suppenwürfeln.

Irgendwas an diesem Ort hat er lang vermisst.

Die Straße, die er entlanggeht, öffnet sich auf einen Platz. In der Mitte steht ein Brunnen, darin eine steinerne Bubenfigur, die mit einer Hand hinter die Häuser ins Tal zeigt. In der anderen trägt sie einen Hammer oder Schlägel, aus dem in unregelmäßigen Abständen Wasser tropft. Von den Häusern um den Hauptplatz herum blättert der Verputz ab, vor einem ehemaligen Geschäft lehnt ein Schild mit der Aufschrift *KEBAP KING*. In der leeren Vitrine im Haus daneben kleben Reste von Eisplakaten in langen, dünnen Streifen auf der Glasscheibe.

Auf einmal, da: ein Mensch. In einem Hauseingang sitzt eine Frau und sieht ihn an. Als hätte sie sich plötzlich aus der Fassade gelöst. In ihrer Bewegungslosigkeit trägt sie die ganze Stille des Platzes mit. Nur das Heben ihrer

Zigarette zum Mund und das Ausstoßen der Luft. Das könnte die Wirtin sein, bei der er ein Zimmer reserviert hat. Er ist gerade stehen geblieben, merkt er, als er wieder weitergeht, auf sie zu. Gleich wird er sprechen müssen. Soll er schon aus der Entfernung nicken, vielleicht laut einen Gruß vorausschicken? Winken?

Die roten Flecken auf ihrem Gesicht und ihrem Hals sehen so aus, als gäbe es mehrere Unverträglichkeiten, die sie ignoriert. Vielleicht ist es gar keine Ruhe, die sie ausstrahlt, denkt er jetzt, vielmehr eine Schwere, die ihren Körper immer weiter in Richtung Boden und rückwärts in die Hausfassade drückt. Alles an ihrem Blick ist wässrig und weich, die graue Augenfarbe fasert in das Weiß der Bindehaut über. Aus der Entfernung war ihr Blick streng und widerwillig, so kam es ihm vor, aber wenn sie ihn jetzt aus der Nähe anschaut, wenn ihre Augen dann kurz fokussieren, könnte man glauben, sie habe gerade geweint, von der Stille des Platzes oder von ihrem eigenen Aufgehen in der Stille des Platzes ergriffen, so wässrig und weich.

Jetzt, wo Merih direkt vor ihr steht, hebt er die Hand und winkt.

»Merih, Regionalmanager«, sagt er. »Und Sie sind?«

(720,4)

TERESA

Der Spalt ist noch größer geworden seit dem letzten Mal, hat Teresa heute Nachmittag gesehen. Das Gras ringsum ist noch immer unberührt. Bisher scheint niemand außer ihr entdeckt zu haben, wie es da den Boden auseinanderreißt. Da oben, wo die Wiesen ansteigen, bevor der Wald beginnt. Sie starrte hinein und erkannte nichts, sie stellte sich wieder vor, wie es passieren wird: Erst wird man ein Grollen hören. Der Himmel, wird man glauben. Das Grollen wird lauter werden. Der Boden wird anfangen zu zittern. Noch lang wird man nichts sehen können. Nur spüren. Ein Zittern, das in die Beine geht und bis hinauf in den Kopf. Dann gibt es ein lautes, trockenes Knacken: Der Spalt im Boden, der schon jetzt schmal von der Wiese vor dem Wald bis zum Berg verläuft, reißt auf. Wird größer, kippt zu den Seiten weg. Von ihrem Zimmer aus wird Teresa in aller Ruhe zusehen, wie der Berg zu zerbröseln beginnt. Es staubt an der Spitze, noch könnte es nur eine Nebelschwade sein, die sich dort verfangen hat, aber dann lösen sich kleine Brocken, bald auch die größeren, sie rollen den Berg herunter. Die Steine sammeln sich in einer großen Kugel, die immer schneller wird, die immer weniger von einem Nebel hat, sie rollt in Richtung Ort und nimmt alle Bäume, Felsen und Häuser mit. Wie einer dieser grauen Staubbälle, die alles anziehen und verschlucken, die sich unter dem Sofa ansammeln und die Teresa manchmal aus dem Staubsauger holt, wenn sie einen Ohrring sucht. Die sich ganz weich und klebrig anfühlen, in denen es aber immer kleine, spitze Teile gibt, die in die Handfläche stechen. Der Spalt wird größer. Die ersten Brocken fallen hinein, es ist kein Zittern jetzt, vielmehr ein Beben, die Menschen halten sich an den Türrahmen fest, aber sie schaffen es nicht lang, denn auch die fallen auseinander, der Ball kommt, immer näher, er verschluckt alles, vom Berg bricht ein letztes großes Stück Fels ab, das langsam ins Tal kippt, der Spalt –

Teresa sitzt am Küchentisch und malt die Kästchen in ihrem Collegeblock aus.

»Esther muss zum Arzt«, sagt ihre Mutter. Sie steht mit dem Rücken zu ihr, räumt Teller und Schüsseln aus der Geschirrspülmaschine in die Regale.

»Von so einem Schock können Schäden bleiben, im Kopf und auch sonst wo. Von den steifen Fingern und Beinen, von dem keine Luft mehr bekommen, von dem kurzen Stoßatmen«, sagt sie. Sie dreht sich zu Teresa um, in der Hand Gabel und Messer, ein Pfannenwender.

»Und wir wissen ja gar nicht, was danach noch passiert ist«, sagt sie weiter. »Was sie so lang in dem Zimmer gemacht hat. Oder als sie im Nachthemd über die Straße gelaufen ist. So warm ist es noch nicht.«

»Sie muss dringend zum Arzt«, sagt sie und öffnet die Besteckschublade.

Heute war der erste warme Tag des Jahres. Der erste Tag, an dem Teresa morgens ohne Jacke in die Schule gegangen ist und am Nachmittag eigentlich das Trampolin aus dem Keller holen oder noch in den Nachbarort fahren wollte, um dort ein bisschen zu schauen. Leute schauen, Auslagen schauen. Jetzt wird es langsam wärmer werden. Bis dann auf einmal diese widerlich heißen Wochen kommen, in denen es nicht einmal mehr hilft, in den Kellern der Häuser die Handflächen an die Betonwände zu legen, auch dort wird die Hitze stehen, danach wird es wieder anfangen zu regnen, die Kälte wird Teresa erneut wie ein Fieber in den Körper kriechen, bald auch nachts, wenn sie aufwacht, und ein halbes Jahr wird es dann kalt, grau und dunkel sein –

Teresa ist dann doch im Ort geblieben. Der Busfahrer hätte bestimmt nach Esther gefragt, und sie hatte keine Lust mehr, darauf zu antworten. Letzte Nacht hörte sie Esthers regelmäßigem Atmen und Schmatzen im Schlaf zu und konnte nicht einschlafen. Als sie in der Küche keine Schokolade oder Lakritze fand, schnitt sie sich ein Stück Butter ab, sie stand eine Weile im Dunkeln und lutschte daran.

Nachmittags, auf dem Weg zum Spalt, hat sie einen jungen Typen im Ort gesehen. Der war nicht von hier. Der stand mit Rucksack und Reisetasche am Hauptplatz und sah so aus, als wüsste er nicht, wo er war oder wie er hierhergekommen ist. Menschen, die nicht von hier sind, bewegen sich anders durch den Ort, das ist Teresa schon ein paarmal aufgefallen: Als würden sie häufiger in die Luft schauen oder eine spezielle Geschwindigkeit wählen.

Teresa schaut vom Collegeblock auf, abgelenkt von ihrem Spiegelbild im Fenster. Sie saugt die Wangen ein, versucht hochzusehen und sich im Fenster zu betrachten, ohne das Gesicht vom Küchentisch abzuwenden. Teresa stellt sich vor: sie in der Stadt. Das Spiegeln in den Schaufenstern einer Fußgängerzone, in der es für jede Kleidungsmarke ein eigenes Geschäft gibt, oder in der alle Geschäfte noch viel größer sind, als sie es aus dem Nachbarort kennt. Wichtig ist: das Wohnen in einer Wohnung mit straßenseitigem Balkon, das Auskommen ohne Garten. Direkt von der Haustür auf den Bürgersteig treten, gegenüber ein Geschäft oder ein Café. Auch das stetige Auftreten mit Handtaschen, das Klappern von Absätzen beim Einsteigen in die Straßenbahn. Fremde Menschen, die wie sie mit der Straßenbahn ins Zentrum fahren und am Hauptplatz unter der großen Uhr auf Verabredungen warten. Sie wird dort auf ihre neue Stadtfreundin warten, an der Wand neben der Auslage des Juweliers lehnen. Straßenbahnen fahren von beiden Seiten auf den Platz, Menschen steigen ein, aus, Straßenbahnen fahren weiter. An einem der Kioske kann man Cola in verschiedenen Geschmackssorten in kleinen, gekühlten Dosen kaufen. Teresa sieht ihr Spiegelbild, jetzt im Fenster der Straßenbahn, und es sieht tatsächlich so aus, wie sie es sich soeben noch vorgestellt hat.

»Wer hat sie denn auf der Straße gesehen«, fragt ihre Mutter. Sie sind mittlerweile ins Vorzimmer gewechselt.

Ihre Mutter steht auf einer Stehleiter und schraubt die kleinen Stofflampenschirme des Kronleuchters ab, streckt Teresa eine Glühbirne entgegen.

»Alle reden über Esther im Nachthemd auf der Straße«, sagt die Mutter. »Im Geschäft haben sie nach ihr gefragt.«

»Und morgen wird es überall stehen, einer von der Zeitung war da. Schon wieder.«

Sie schraubt eine weitere Glühbirne aus dem Kronleuchter und gibt sie Teresa. Teresa hält die Glühbirne kurz an die Nase. Sie riecht komisch. Nach verbranntem Staub vielleicht oder toten Insekten. Vielleicht riecht auch altes Licht so. Sie sollte Klavier üben. Sie überlegt, ob sie hinausgehen soll, oder ob es noch irgendeinen Ort in dieser Wohnung gibt, wo sie jetzt hinkann, wo sie kurz allein ist. Aber Esther liegt noch immer im Bett und besetzt das gemeinsame Zimmer.

Nach der Schule war Teresa kurz bei ihr drin. Esther hatte sich seit der Früh nicht mehr bewegt: mit dem Gesicht zur Wand, die Decke bis zu den Schultern hochgezogen. Teresa setzte sich auf ihren Schreibtischstuhl, drehte ihn Esther zu und zählte tastend die Falten, die ihr Bauch wirft, wenn er im Sitzen über dem Hosenbund hervorquillt.

»Esi?«, fragte Teresa und dachte daran, dass nach Martins Tod jetzt niemand mehr das Internet und den Fernseher im Haus reparieren kann. Jetzt muss man dafür jemanden kommen lassen. Sie schaute auf den Rücken ihrer Schwester. Ob sie tatsächlich schlief oder nur so tat? Teresa machte das Radio an, das am Schreibtisch stand, und schaltete zwischen den Sendern herum. Partytipps für den Abend in der Stadt. Schaltete wieder aus. Sie sagte zu Esther noch, dass sie bald die Gartenschlauchdusche im Innenhof installieren könnten, dass die Katzen bald werfen würden, dann ging sie aus dem Zimmer. Kurz hielt sie an der Tür inne, als sie ihre Mutter räumen hörte, und dachte an Orte anderswo, an denen sie sich jetzt flach auf den Boden legen würde, die Wange am kühlen Holz.

Dass auch junge Menschen sterben können, hat sie sich bisher nie vorstellen können. Martin wird von nun an eine Erinnerung sein. Er wird ab jetzt immer so ausschauen wie an dem letzten Morgen, als Teresa an der Haltestelle stand, auf den Schulbus wartete und er im Auto an ihr vorbeifuhr, die Hand zum Gruß erhoben: die dünnen Haare vorne aufgegelt, die Sportjacke, die Augen groß und offen und doch so müde im Blick, und sie, sie hatte an jenem Morgen kein Gesicht, an das sich Martin erinnern können würde, das wusste sie; sie hatte einfach noch immer kein Gesicht. Erst gestern hat sie sich im Spiegel wieder nicht erkannt. Wie wenn man bei Hitze den Sand flimmern sieht und nicht mehr genau weiß, wo die Erdoberfläche wirklich aufhört und der Himmel anfängt. Teresa hat ein waberndes Äußeres, an dem sich die Konturen verschieben lassen. An manchen Tagen hat sie breite, dicke Wangen und sieht kaum ihre Augen unter den Schlupflidern, an anderen fühlt sie sich schlank und hat eine weiche, durchsichtige Haut. Sie versteht nicht, warum in der Schule nie jemand an ihr vorübergeht und sie nicht erkennt.

»Die Leute reden«, sagt ihre Mutter. »Das ist nicht gut, wenn die Leute reden.«

Die Hand der Mutter zittert, als sie die letzte Glühbirne hineinschraubt. Sie lässt ihren Arm kurz hängen und schüttelt ihn. Teresa hat sich auf den Boden gesetzt, die Schachtel mit den kaputten Glühbirnen in der Hand.

Ihre Mutter schraubt weiter. Sie seufzt.

»Ich muss immer ans Geschäft denken«, sagt sie.

Sie steigt die Leiter herunter, legt den Stromschalter wieder um, schaltet das Licht ein.

»Jetzt passt wieder alles.«

Teresa lässt die kaputten Glühbirnen einzeln in den Mülleimer in der Küche fallen und hört zu, wie sie am anderen Glas zerspringen.

Gleich wird ihre Mutter die Butterdose fürs Abendessen rausstellen, dann wird sie die Rollläden in der Küche runterlassen. Wie immer wird sie den Tag bereits offiziell beenden, wenn es draußen noch hell ist, als würden draußen automatisch die Lichter ausgehen, wenn sie die Deckenlampe in der Küche anmacht. Dann wird sie Teresa bitten, die Rollläden auch in den Schlafzimmern zuzumachen, sie selbst wird Brot aufschneiden, Leberwurst und Schnittkäse auf den Tisch legen und zum Essen rufen.

In der Stille der Wohnung klingt das Räumen der Mutter, die Leiter in den Abstellraum, die übrigen Glühbirnen in die Kommode, unangenehm laut. Teresa setzt sich wieder an den Küchentisch, klopft mit den Fingern auf den Collegeblock. Sie hat heute nicht Klavier geübt. Ihre Lehrerin wird es merken. Sie überlegt, ob sie noch ins Musikheim üben und unterwegs bei Patz am Brunnen vorbeigehen soll. Sie muss ihm sagen, dass sie sich morgen im Revier treffen will oder besser noch davor, neben dem Kaufhaus, denn sie fürchtet sich noch immer, allein die leerstehende Wohnung zu betreten. Aber das sagt sie Patz nie. Dass es Wichtiges zu besprechen gibt, will sie ihm sagen, aber da lässt ihre Mutter schon die Rollos herunter, stellt die Butter aus dem Kühlschrank auf den Küchentisch und sagt Teresa, dass sie die Rollläden in den –

Teresa steht auf und geht mit dem Gesicht ganz nah ans Küchenfenster. In der Abenddämmerung hinter den Häusern der Berg. Sie hört sein Grollen. Wie ein sich annäherndes Gewitter klingt das, oder wie damals, als die Lawine abging und ein großes Schneefeld ins Tal donnerte. Ob sie ihre Nase durch das Fenster durchdrücken kann, wenn sie noch ein bisschen fester – ?

»Wenn wir noch erleben, wie der Berg in sich zusammenbricht, dann wird vor allem das Licht entscheidend sein«, hat Martin einmal zu Teresa gesagt. »Wenn das Licht mit dem Berg gemeinsam runterkommt, dann kann uns das nichts Böses wollen.«

(742,7)

MERIH

Was Merihs Internetrecherche ergab:

Die Kirche am Hauptplatz ist die älteste Wehrkirche des
Landes. Sie ist sechshundert Jahre alt. Die Schießscharten
und die Zinnen sind vor wenigen Jahren restauriert worden.

Die Brüder Sebastian und Julian Stöger, Bronze im Zwei-
erbob bei den Olympischen Winterspielen 1964 in Inns-
bruck und Silber 1968 in Grenoble, sind hier geboren.

Es gibt einen Schnaps, der Gschrei heißt.

Es gibt einen Berg, der droht in sich zusammenzustürzen.

Es gibt ein kurioses Faible für Volleyball im Ort, das niemand erklären kann: Die Frauen-U25-Mannschaft spielt
im Saisonfinale der zweiten Liga gegen die beste Mann-
schaft aus der Stadt.

Das Durchschnittsalter ist bei der letzten Volkszählung
von 52,3 auf 56,8 gestiegen.

Es sind neunzehn Kilometer in den nächsten Ort.

Es sind einhundertzweiundzwanzig Kilometer und tausendvierhundertzehn Höhenmeter hinauf und hinunter auf der Schnellstraße bis in die Stadt.

An einem Samstag im Frühjahr 1987 tranken die Bergleute Ernst S. (52) und Leonhard W. (45) gemeinsam Kaffee im Wohnzimmer des Zweiteren. Als W. in die Küche ging, nahm er ein Messer und stach S. nieder. Das Motiv blieb ungeklärt.

Es gibt einen Bus, den 49er, der morgens um 6.18 Uhr und nachmittags um 16.18 Uhr in den Nachbarort fährt, von dort kommt er um 8.12 Uhr und um 18.12 Uhr zurück.

(761,9)

SUSA

»In der Stadt muss es so fad sein«, sagt Susa zu Wenisch und stellt eine Kiste Mineralwasserflaschen auf den Boden hinter der Theke. »Wenn die herkommen, tun sie so, als wäre es das Aufregendste, was sie je erlebt haben, dass es hier Berge vor der Tür gibt, der Bus nur zweimal täglich kommt und dass man bei mir rauchen darf.«

Sie richtet sich auf, die Hände in den Rücken gestützt. Der Schmerz von ihrem verhärteten Steißbein zieht mittlerweile bis zu den Schulterblättern hoch. Wenisch sitzt vor ihr auf der anderen Seite der Theke. Er sitzt so gebückt, dass sie sein Gesicht nur durch das Bierglas sicht, es schaut merkwürdig verzerrt und gewölbt aus. Das Bier steht ihm bis zur Nase.

»Der Herr Regionalmanager packt sich jedes Mal so ein, als würde er gleich auf eine mehrtägige Hochtour gehen. Ohne Windjacke und Wanderschuhe geht der ja gar nicht mehr vor die Tür«, sagt sie.

»Merih. Komischer Name«, sagt sie.

Wenisch nimmt eine Handvoll Erdnüsse aus dem Glasschälchen. Sein Blick ist auf den Fernseher gerichtet, aber es sieht so aus, als würde er vor sich hin dämmern. Er nimmt einen Schluck, dann blinzelt er, schläft also nicht.

»Aber wenn er das Zimmer den ganzen Sommer bucht, dann ist das gutes Geld«, sagt Susa.

Sie schichtet die Glasflaschen einzeln in den Kühlschrank unter der Theke. Im Fernseher läuft eine Kochsendung ohne Ton.

Susa sagt: »Millionen habe das Land bereitgestellt, damit unsere Leute von den Siedlungen ins Ortszentrum umziehen. Ich würde das alles ja nicht verstehen, hat er gesagt.«

Susa nimmt einen Schluck von ihrem Bier.

»Millionen«, wiederholt sie etwas lauter. »Und wie komisch er geht. Hast du das gesehen? Wie ein kleines Kind.«

Sie sagt: »Als hätte er sich nicht unter Kontrolle.«

Wenisch schaut auf seine Hand, isst eine Nuss.

»Und kaum Bart«, sagt Susa.

»Mitten in der Nacht hat er gestern in seinem Zimmer die Möbel hin und her geschoben. Fast wär ich raufgegangen. Wenn der mir den Holzboden kaputt macht«, sagt sie, »dann –«

Wenisch klebt ein Stück Nuss im Mundwinkel. Er kaut, isst weiter, die Nuss bleibt hängen. Susa bückt sich zum Kühlschrank, schiebt die Mineralwasserflaschen enger zusammen. Sie muss neuen Wein aus der Küche holen. Wenn der Regionalmanager was bestellt, wird sie ihm mehr berechnen.

»Der trinkt sicher nur Wein«, sagt Susa. »Oder vielleicht trinkt er gar nichts.«

»So einer ist das.«

»Oder, Wenisch?«

Wenisch kaut. Susa wartet.

»WENISCH!«

Langsam hebt Wenisch den Kopf, hebt ihn quasi aus dem Bierglas heraus. Jetzt ist er wach.

Im Fernsehen die Nahaufnahme von einem rohen Stück Fleisch.

»Ich muss immer an den Brief denken«, sagt Wenisch. »Weißt du? Den sie auf Martins Schreibtisch gefunden haben.« Die Nuss ist ihm an die Unterlippe gewandert.

»Ein verschlossener weißer Briefumschlag. Ich weiß nicht, was drinsteht. Aber warum schreibt man denn einen Brief, wenn man nicht –«

Er schüttelt den Kopf. Nimmt einen Schluck Bier. Wischt sich dann mit dem Handrücken die Nuss von der Lippe.

»Fast wären sie zusammengekommen, meine Mitzi und der Martin«, sagt er. »Wer weiß, was dann –«

Jetzt schaut er Susa direkt an. »Ich frage mich die ganze Zeit, was in dem Brief steht«, sagt er.

»Der ist doch immer hinaufgefahren, wenn er allein sein wollte«, sagt Susa. »Und diesmal hat er es halt nicht mehr hinunter geschafft.«

Susa zuckt mit den Schultern.

»Ist so«, sagt sie.

Susa geht in die Küche, den Wein holen. Aus dem Küchenfenster kann sie auf den kleinen Garten sehen. Überall Löcher in der Wiese. Im Frühjahr, wenn die Katzen austragen, jagen sie keine Maulwürfe mehr. Sie hat gesehen, wie sie sich im früheren Tourismusbüro wieder Nester aus alten Geschirrtüchern und vom Schimmel aufgeweichten Plakaten bauen. Früher hat sie von diesem Fenster die Touristen mit den Fahrrädern über den Waldweg kommen sehen. Dann sind sie bei ihr eingekehrt, haben erzählt, dass es hier tatsächlich sei wie in den Reiseführern: die bunten kleinen Häuser um den Hauptplatz herum. Die Blumen auf den Holzbalkonen und in den großen Töpfen vor den Häusern und Blumen auch in den Mustern auf den bemalten Hauswänden. Susa hat zugehört. Sie hat Schnaps ausgeschenkt und genickt und kein Wort dazu gesagt, dass die Häuser von außen zwar schön ausschauen, aber der Strom ausfällt, wenn sie den Staubsauger ansteckt, und dass die Badezimmer nur kleine Waschecken in den Küchen sind. Dass die Männer hier zwar alle Arbeit haben, dafür aber, kaum in der Rente, an ihren kaputten Lungen und Augen erkranken und nur noch in den Betten liegen. Dass man sie nachts, wenn man durch die Straßen der Siedlungen geht, husten hört.

Wenn der Berg auf den Ort herunterkommt, wird Susa vom Küchenfenster zuschauen.

Susa bückt sich nach Bingo, die ihr um die Füße streift. Als sie sich aufrichtet, die Tür zum Gastraum aufstößt und wieder hinter die Theke tritt, zuckt sie zusammen. Auf einmal, hinten an der Tür. Steht Martin. Steht genau da, wo er beim Betreten der Bar immer kurz stehen geblieben ist und den ersten Blick auf den Fernseher geworfen hat. Etwas verloren sieht er aus. Wie immer. Martin,

46

will Susa sagen, Martin, schau nicht so! Feierabend! Ein Bier will sie ihm hinstellen, ihm sagen, dass schon bald wieder Wochenende ist, dass bald die Sommertage beginnen und die Fahrradrennen.

Martin macht seine Jacke auf, steckt die Hände in die Hosentasche. Winkt Susa zu. Steht noch immer. Etwas zu lang. Martin ist gar nicht Martin, ist viel größer. Er hat lockige und längere Haare. Steht am Eingang und wartet darauf, abgeholt zu werden. Als er doch zur Bar tritt, hat sein Gang etwas Vibrierendes, als ob er immer einen kleinen Zwischenschritt einbaut, der nicht nötig ist.

»Der Herr Regionalmanager!«, ruft Susa.

(784,2)

WENISCH

Am nächsten Vormittag sitzt Wenisch auf seinem Sessel im Wohnzimmer. Er ordnet das Material. Vor ihm ein Foto und eine Karteikarte. Auf der Karteikarte unterstreicht er mit dem Lineal das Wort FEDERZUGMASCHINE, notiert eine Jahreszahl, beschreibt knapp Funktionsweise und Aussehen, dann ordnet er das Foto samt Karteikarte wieder zurück in den Karton auf dem Wohnzimmertisch. Bei der Federzugmaschine war alles ganz einfach. In alten Lehrbüchern hat er die technischen Details nachgeschlagen, wie sie funktioniert, wusste er selbst noch. Aber jetzt, bei dem Foto der Mehrkreiszündmaschine, weiß er nicht weiter. Er kann sich weder erinnern, noch auf dem Foto aus dem Museum erkennen, ob die Maschinen der Zünderwerke K. Fuchs mit drei oder sieben Zündkreisen ausgestattet waren.

Er kann sich heute einfach nicht konzentrieren. Dieser Brief. Martin hätte doch nie –

Seit Anfang der Woche versucht Wenisch im montanhistorischen Dokumentationszentrum jemanden zu erreichen. Dass es wichtig sei, hat er ihnen erklärt. Es gehe ihm darum, in seiner Chronik alles zu erfassen, was noch nicht erfasst ist, es gehe darum, alles nicht verloren zu machen, und es gehe um dieses Foto, schwarz-weiß, eine Mehrkreiszündmaschine, das habe er natürlich erkannt, der Hebel aus Holz, die Anschlussklemmen, aber bei den Zündkreisen wisse er einfach nicht weiter.

In der einen Hand hält Wenisch das Festnetztelefon, in der anderen den Zettel mit der Telefonnummer des Dokumentationszentrums. Einmal will er es noch probieren.

»Ich erinnere mich an Sie«, sagt der Mann am Telefon, »ich verbinde.«

Dann kommt die Warteschleife. Eine Stimme begrüßt ihn, sagt ihm die Öffnungszeiten, die Internetseite, dann Musik: ein dumpfer, weicher Bass, eine Frauenstimme, die leise dazu singt. Wenisch stellt sich die Frau vor: Sie hat glatte, lange Haare bis zum Po. Sie steht und singt, ihr Haar schwingt bei jeder ihrer Bewegungen mit, schwingt rhythmisch zur Musik, gleich wird sie sich setzen, abheben, Wenisch endlich sagen, wie viele Zündkreise die Mehrkreiszündmaschine hat.

Bereits seit einigen Monaten arbeitet er daran, das Bergbauarchiv des Ortsmuseums zu erneuern. Das Museum selbst hat zwar über die Jahre Fotos und historische Bergbaugeräte gesammelt, aber schon nach dem Krieg aufgehört, diese auch entsprechend zu archivieren. Wenisch schaut weiter auf das Foto der Mehrkreiszündmaschine, führt es ganz nah an seine Augen, legt seine Brille ab, setzt sie wieder auf.

Martin war doch ein guter Autofahrer, er hätte niemals –

Wenisch legt das Bild weg und blättert, den Hörer zwischen Ohr und Schulter eingeklemmt, die anderen Fotos durch. Er bleibt bei einer Gruppe von Bergleuten hängen. Beim ersten Durchschauen sind ihm nicht alle Namen eingefallen. Er hat seinen Kumpel Mike, der schon vor Jahren zu seinen Kindern in den Nachbarort gezogen ist, angerufen und nachgefragt, wer das sein könne, Mike, hat er gesagt, wer könnte das sein, alle hocken sie in einer Höhle, ganz links er, Mike, ganz klar, das kantige Gesicht und die langen Arme, wie ein Affe, Mike, die anderen beiden auch, alle hocken sie in der Höhle, alle mit Helm, die Taschenlampen, aber wer könnte das sein, der Junge, große Augen, etwas dickliches Gesicht, man sieht die Haare unter dem Helm hervorkommen?

»Kollege, das bist du«, hat Mike gesagt und gelacht.

Wenisch schaut weiter auf das Foto. Für seine Kumpel waren immer das Sehen und die Dunkelheit das Problem. Für Wenisch war es das Hören. Im Berg hatte er immer das Gefühl, als wären seine Ohren zugefallen, oder als hätte sich eine zusätzliche Hautschicht über sein Trommelfell gelegt. Wenn er mit dem Handbohrer eine Pause machte, klang das Wassertropfen von der Decke und selbst das eigene Atmen wie durch eine Membran, wie von einer fernen Welt, die nichts mit seiner eigenen zu tun hatte.

Wieder kommt ihm Martin in den Sinn. Wie er zwischen den weiß blühenden Kirschbäumen im Garten seiner

Eltern steht, sein Chamäleon Franz in der Hand. Wind rauscht durch das Gras, es ist sommerhell und heiß. Martins Elternhaus leuchtet pfirsichfarben im Hintergrund, die Rollläden im Erdgeschoss halb heruntergelassen. Franz sitzt mit den Greifhänden auf Martins Daumen und mit den Beinen auf Martins Mittel- und Ringfingern, er streckt sich der Sonne entgegen, gleich wird er sich aufplustern. Martin bewegt die Lippen, er spricht mit dem Chamäleon. Als er Wenisch bemerkt, winkt er ihn zu sich heran. Esther sei mit den Volleyballerinnen in die zweite Liga aufgestiegen, erzählt Martin. Er schaut auf Franz. Und nach einer Pause sagt er weiter, dass das vermutlich der einzige Weg sei, wegzugehen und trotzdem noch dazuzugehören: Sport zu machen. Wenisch will etwas sagen. Will von was erzählen. Von dem Fußballteam der Bergleute, das es einmal gab? Er selbst, fährt Martin fort, habe es mit dem Fahrradfahren probiert, aber er schwitze einfach nicht gern. Wenischs Blick wandert zu dem Chamäleon, es schaut ihn von der Seite mit seinen großen Augen an, die es in alle Richtungen drehen kann.

Wenisch kennt die Sprache nicht, in der die Frau in der Warteschleife singt. Einmal glaubt er »Leberwurst« verstanden zu haben. Es kommen wieder die Öffnungszeiten und die Internetseite, dann beginnt die Sängerin von Neuem.

Wenn er erst mal in Rente ist, dann wird er den Berg nicht mehr sehen wollen. Im Alter wird er am Meer oder an einem See leben. Das dachte Wenisch früher. Aber jetzt sehnt er sich wieder nach dem Rauschen des Wassers neben dem Zug, mit dem er jeden Tag mit seinen Kumpeln in den Berg fuhr, ein Rauschen, das er in keinem der Flüsse draußen wiederfand. Er will wieder dieses Gefühl haben, das Gefühl einer zweiten Hautschicht, die sich um sein Trommelfell legt, in einer abgeschlossenen Welt zu sein, wo andere Gesetze und Regeln gelten. Die sich zwar untereinander bedingen, aber keinerlei Verbindungen nach draußen haben. Im Berg haben sie sich Frauen mit fremden Namen erfunden, die zu Hause auf sie warten, sich von anderen Autos, Familien, Urlauben erzählt als denen, die sie über Tage wirklich hatten.

Wenisch hat seinen eigenen Namen zu den anderen auf die Karteikarte geschrieben, die Karte an das Foto geheftet. Diese Mehrkreiszündmaschine! Wenn er auf dem Foto nur etwas erkennen könnte. Vielleicht liegt es an seinen Augen. Wenn Mitzi hier wäre, würde sie gleich sagen, zack, siehst du doch, sieben Zündkreise sind es. Oder drei?

Wenn Mitzi noch hier wäre, wäre sie mit Martin zusammen oder umgekehrt, wenn Martin noch hier wäre, wäre Mitzi auch wieder da. Er wird ihr noch einmal erklären, wie er sich das vorstellt: Er wird ihr die Wohnung überschreiben, und sie kann mit ihrer Familie einziehen. Er selbst wird nur das kleine frühere Kinderzimmer nehmen. Und er wird immer auf seinen Enkel aufpassen, wenn sie in die Stadt muss. Er wird ihr einen ersten Entwurf seiner Chronik zum Geburtstag schenken, und sie wird sehen, was hier alles passiert, was hier alles passiert ist, sie wird den Namen ihres Vaters in der Chronik lesen.

Auf einmal hört das Lied auf. Die Sängerin mit ihren langen Haaren bis zum Po ist weg. Ist er aus der Leitung geflogen?

»Hallo?«

Eine Frauenstimme meldet sich.

»Herr Wenisch?«

»Ja?«

»Wegen Ihrer Anfrage: Sieben Zündkreise sind es.«

Lang war es ruhig im Tal. Nur das Röhren der Hirsche hallte jeden Herbst von den Bergwänden wider. Doch sie begegneten sich nie. Die Sonne spiegelte sich in den Bächen, die von den Felsen herunterbrachen, spiegelte sich in dem weißen Gestein, vorzüglich aus Dolomiten und Kalk. Wie in Erwartung fuhr der Wind durch die Wiesen. Einzig in den wenigen Unwettern, die wochenlang über das Gebiet zogen, hallten die gewaltigen Geburtswehen nach, ein Echo jener Tage, in denen sich dieses Tal formte, als Öffnung zwischen den sich auffaltenden Bergen. Und so kam sich der Hirsch wie ein Traum der Zukunft vor, wie ein Tier des ewigen Friedens.

(801,4)

MERIH

Merih ist schon seit einigen Tagen im Ort, aber erst heute fallen ihm die Farben des Abbauberges auf. In seinen sandfarbenen Schattierungen, mit den orangefarbenen und roten Horizontalstreifen sieht er inmitten der weißgrauen Kalkberge so fremd aus, als wäre er dort nur zeitweise abgestellt worden. Die Straße, die in regelmäßig angeordneten Serpentinen über die ganze Breite des Berges bis zu einem Hochplateau führt, wirft etwas dunklere Schatten, fast violett im späten Nachmittagslicht. In manchen Kurven kann Merih von seinem Bürotisch aus aufgehäufte Erde erkennen, einige Container.

Er wartet.

Er hat alles vorbereitet: Der Computer ist eingeschaltet. Links von ihm die Musterpläne der Architekten, daneben ein Stapel mit Flugblättern zum staatlichen Umsiedelungsprojekt

!ZUSAMMENWACHSEN!

zur finanziellen Förderung der Umzüge im Ort, aus den Siedlungen ins Zentrum, und zum Bau des Landschulheims, außerdem Antragsformulare. Einige Kugelschreiber, sein Kalender. Am Vortag hat er selbst an alle

Haushalte Flugblätter verteilt und die Sekretärin aus dem Gemeindeamt gebeten, über den Newsletter des Ortes noch einmal an die erste Bürgersprechstunde zu erinnern.

Sein derzeitiger Arbeitsweg beträgt 87 Schritte: die Stiegen hinunter, durch den Gastraum über den Platz, am Brunnen vorbei. In den letzten Tagen hat er aus dem ehemaligen Tourismusbüro zuerst die alten, teilweise kaputten Möbel entfernt und die Stapel an Altpapier, in denen sich bereits irgendwelche Tiere Nester gerichtet hatten, weggeworfen. Er hat den neuen Schreibtisch und die Stühle, die schon Tage zuvor aus der Stadt geliefert worden waren, in verschiedene Ecken geschoben und probegesessen. Jetzt müssen nur noch die Leute kommen.

Von hier aus kann er den ganzen Platz überblicken. Susa stellt Bierbänke und Tische vor dem *ESPRESSO* auf. Ein Mann mit Stock geht in die Kirche, eine Frau ruft ihm irgendwas hinterher, folgt ihm dann. Pusteblumen oder Pollen stauben hoch über den Platz. Ein Auto fährt vor. Der Motor wird abgestellt, und erst einen Moment später, vielleicht sogar Minuten, steigt jemand aus. Das muss der Bürgermeister sein. Am Brunnen lehnt ein Junge, der eine Hand ins Becken getaucht hält. Merih kann nicht erkennen, was er da genau tut. Vielleicht versucht er etwas zu fangen. Fische? Blätter? Sein Blick ist in die Ferne gerichtet. Seine andere Hand bewegt er hoch und runter durch die Luft, als würde er unsichtbare Kaugummifäden lang ziehen oder ein Orchester dirigieren. Dann lässt er die Hand wieder fallen. Jetzt muss es still sein in seinem Kopf.

Der Bürgermeister setzt sich in den Besucherstuhl und spürt dem Leder unter der Armlehne nach.

»Und man weiß nicht, ob man das Fest jetzt noch absagen soll«, sagt er und schaut Merih fragend an, als hätte er *ICH* statt *MAN* gesagt. Sein linkes Augenlid zittert, bis er es mit einem Finger hinunterdrückt.

»Man hat mit Todesfällen dieser Art noch keinen Umgang gefunden«, sagt er, »deshalb gut, gut, dass Sie hier sind.«

Merih hängt ein Blatt Papier mit einem Stift an die Bürotür, dann geht er mit dem Bürgermeister durch die leerstehenden Häuser am Hauptplatz. In einem Haus mit großen grünen Flügelfenstern steht ein Seismograph. Bei Ausschlag einer Frequenz von über fünf Hertz sollten er und die Polizei durch ein Sicherungssystem automatisch angerufen werden, erzählt ihm der Bürgermeister, aber seit dem letzten Frost mache das Gerät keine Geräusche mehr und er selbst habe auch seine Telefonnummer geändert. Eine Weile stehen sie vor dem Seismographen in dem sonst leeren Raum, nur in einer Ecke ein eingerolltes Kabel und ein Haufen Sägespäne. Merih beobachtet den Bürgermeister, wie ihm die Arme zu den Seiten herunterhängen und er auf den Seismographen schaut. Wie ein Kind, das in einen Spielzeugautomaten starrt, für den es aber kein Geld hat.

Als Merih zurück zu seinem Büro kommt, hat sich niemand in die Liste eingetragen. Er setzt sich wieder an seinen Schreibtisch, baut einen Kugelschreiber auseinander und wieder zusammen, bricht den Plastikclip ab. Drau-

ßen schraubt Susa Pumpen an große Senf-und Ketchup-
kübel, holt aus dem *ESPRESSO* ein Verlängerungskabel
und schließt einen Kühlschrank an, der jetzt auf dem Platz
neben den Tischen steht. Als Merih auf die Uhr schaut,
ist die Bürgersprechstunde bereits vorbei. Er reibt sich
die Augen, verharrt in der Bewegung und drückt sich mit
den Zeigefingern in die Augen, bis es wehtut. Dann steht
er schnell auf, macht den Computer und das Licht aus,
schließt das Büro ab.

Die Farben der Berge und Hügel und Wälder hinter den
Häusern gehen fließend ineinander über, vom Grau ins
Hellgrün ins Dunkelgrün ins Braun, nur das Sandfar-
bene des Abbauberges setzt sich im Abendlicht weiter
von der Umgebung ab, wird fast weiß, als könnte sich der
Berg der untergehenden Sonne widersetzen. Er macht
den Horizont am Talende zu und sperrt das Licht ab,
schluckt alles dahinter. Merih wendet sich ab, schaut
auch nicht zu Susa, biegt nach links in eine der Seiten-
gassen ein, vom Hauptplatz weg. Der Pflasterstein ist
hier fast weiß, und die Häuser müssen einmal in hellen
Pastellfarben gestrichen worden sein, Merih blinzelt. Er
sieht keinen einzigen Menschen in der Straße. Als würden die Häuser hier keine Menschen brauchen, als wären
sie nie erbaut worden, sondern hätten sich eines Tages
natürlich aus der Landschaft ergeben. Zuerst aufgewor-
fene Maulwurfhügel in der Wiese, dann das Sprießen
des Betons. Auf Kniehöhe ragen Rohre aus den Hauswänden.

Wo steht eigentlich der Schichtturm, 1521 erbaut?
Wo ist das Haus mit der handbemalten Fassade?

Merih kommt an einem alten Kaufhaus vorbei. In der Auslage leere Bananenkisten. Staub hat sich zu Bällen gerollt wie große graue Wollknäuel. Die Kassa steht noch, auf ihr ein großes Plakat:

AUSVERKAUF IM KAUF-AHOI

* * *

KAUF-AHOI IM AUSVERKAUF

Jemand spielt Klavier. Mehr ein loses Anspielen von Tönen als Musik. Neben dem Kaufhaus ist ein Haus mit auffallend gepflegter, vielleicht frisch renovierter gelber Fassade. *MUSIKHEIM* steht auf einem Schild. Merih geht hinein. Auf dem Boden und an den Wänden im Gang sind bis auf Hüfthöhe graue, große Fliesen. Darüber hängen Gruppenfotos in schweren Bilderrahmen. Im Raum gleich links, wo die Tür offen steht, sind in einer Ecke Stühle und Notenständer eng zusammengeschoben. Gleich neben der Tür sitzt ein Mädchen am Klavier. Es hört auf zu spielen und schaut auf.

»Hallo«, sagt Merih.

»Hallo«, sagt das Mädchen.

Das Mädchen starrt ihn an.

»Teresa«, sagt es.

»Schön hast du gespielt.«

Merih setzt sich. Es ist angenehm kühl hier drin. Als er wieder zu Teresa schaut, dreht sie sich gerade zum

Klavier und schaut auf ihre Noten. Mit ihrem Zeigefinger und Daumen zieht sie dünne Hautfetzen von ihren Lippen. Er könnte nach ihren Eltern fragen, denkt er. Vielleicht ist ihre Familie am Förderprogramm interessiert.

Dass tatsächlich niemand, gar niemand zur Bürgersprechstunde gekommen ist –

»Ich habe auch mal Klavier gespielt«, sagt er.

»Ja?«

»Aber nicht so gut wie du. Und schau, sogar aus mir ist was geworden«, sagt Merih, breitet die Arme aus und lacht, setzt sich dabei auf einen der Stühle.

Teresa zuckt mit den Schultern. Von ihrer Nase ziehen sich dunkle Schatten zu den Mundwinkeln, als hätte sie schon Falten. Sonst scheint alles, die Oberarme, die Finger, die Wangen, jung und fest.

»Na ja«, sagt Merih und richtet sich in seinem Stuhl auf. »Auf jeden Fall musst du fleißig weiterüben, in der Stadt kannst du mit deinem Talent viel machen.«

Teresa schaut weiter auf ihre Noten, wirft einen kurzen Seitenblick zu Merih.

»Und wer bist du?«, fragt sie.

»Merih«, sagt er, hält ihr die Hand hin. »Ich bin der Regionalmanager. Ich bin für den Sommer hier.«

»Spielst du noch mal was?«, fragt er.

Sie scheint einen Moment zu überlegen, dann legt sie die Finger auf die Tasten.

Der Klang der Musik füllt bleiern den Raum. Das Stück

kommt Merih bekannt vor, auch wenn sie es sehr schnell spielt.

Er macht die Augen zu. Versucht einen Moment an gar nichts zu denken. Doch da ist Lara. Schon wieder ist da Lara. Wie sie am Küchentisch sitzt, noch im Schlafanzug. Er in der Tür, schon mit Rucksack. Vor ihr der abgezogene Nagellack auf dem Tisch, wie sie weiter an ihren Fingern herumdrückt und nicht zu ihm sieht, als er sagt, er gehe jetzt. Das Zuschlagen der Tür, im Stiegenhaus steht die Luft. Draußen Menschen auf der Straße, die von gar nichts wissen, draußen die Straßenbahnhaltestelle, der Bäcker, der Zeitschriftenverkäufer, der ihn grüßt, der Süßigkeitenautomat am Hauptbahnhof, der sein Geld schluckt. Das Mädchen im Zug, das einen Film auf ihrem Laptop ohne Kopfhörer schaut. Die Taxifahrerin, die ihm den Rucksack in den Kofferraum hebt. Endlich diese Stille im Taxi. Endlich ist es ruhig und kühl und draußen ein Plakat *CLICK IF YOU LIKE PIZZA*.

Er versucht sich vorzustellen, wie er hier sitzt, jetzt in diesem Moment im Musikheim, dass draußen weiterhin der Ort ist, wo die Leute am Hauptplatz ein Fest vorbereiten, dass dort weiterhin sein Büro und sein Zimmer sind, auch wenn er nicht da ist –

Merih macht die Augen wieder auf. Die Musik ist aus. Teresa schaut ihn an.

(823,8)

WENISCH

Das ist das Schöne an der Familie und am Sport: die Bedingungslosigkeit. Nicht zu hinterfragen, warum man zum ortseigenen Volleyballverein hält, obwohl es tausende andere und bessere gibt.

(841,9)

SUSA

»Umgebracht habt ihr ihn!«
  Dann Stille. Man hört die Vögel. Im Radio Werbung.
»Umgebracht habt ihr ihn! Und jetzt ist er tot!«
  Esther ruft das, nein, sie schreit.

Susa ist nur kurz ins *ESPRESSO* gegangen, ein neues
Fass holen. In der Küche ist sie einen Moment stehen
geblieben, um einen Schluck aus der Flasche Gschrei zu
nehmen. Es ist Blintelfest. Und wenn Blintelfest ist, dann
beginnt der Sommer ganz offiziell. Das heißt, bald wird
die Sonne den Hauptplatz nachmittags in eine dunkle
und in eine helle Seite schneiden. Die Grenze wird in
einer geraden, scharfen Linie schräg über den Platz laufen. Bis zum Abend wird der Schatten die Sonnenseite
Richtung Kirche schieben und sie schließlich ganz ver-
drängen.

Bereits am Vorabend war Susa mit dem Aufbau fertig gewesen. Sie hatte die Bänke und Tische aufgestellt, heute
Morgen dann das erste Bierfass angezapft, den Sack mit
den Aufbacksemmeln aus der Tiefkühltruhe geholt. Sie
hatte die Aschenbecher auf den Tischen verteilt. Auch

die Blintelkränze, die Grundschüler vor ein paar Jahren gebastelt haben: mehrere aneinandergeklebte Zirbenzapfen, dazwischen kleine bunte Glaskugeln und Glöckchen. Sie hatte sich auf die kleine Stufe vor dem Eingang zum *ESPRESSO* gestellt und auf die Tische gesehen, dann die Kränze noch einmal herumgeschoben, sodass der Abstand immer gleich ist, die Körbe mit den Semmeln dazugestellt. Niemand spielte sich die Finger warm. Der Bürgermeister hatte die Kapelle abgesagt. Als er als einer der Ersten zum Fest kam, starrte sie ihn so lange an, dass sein Gesicht anfing zu zucken. Zuerst die Augenlider, dann die Mundwinkel. Er bestellte ein Bier, schaute auf sein Handy, sagte, man könnte doch nicht einfach so tun als ob, bestellte das Bier wieder ab und setzte sich allein an einen der Biertische.

Dann waren sie doch alle gekommen. Auch aus den Siedlungen. Viele hatte Susa schon lang nicht mehr gesehen. Der alte Schöllauf kam in Trachtenjacke und kariertem Hemd darunter, das über seinem Bauch spannte. Hinter ihm seine Frau, ihre Hände glänzten hellgolden und schwer in der Sonne. Der Hirsch-Neffe war bereits betrunken, sein Gesicht rot angelaufen. Wie bei den Alten. Wenn Susa langweilig ist, stellt sie sich manchmal vor, wie andere Menschen sterben werden und wann, und beim Hirsch-Neffen wird es ein Unfall sein, da ist sie sich sicher. Zu Hause wahrscheinlich. Er wird in der Dusche ausrutschen oder sich bei der Gartenarbeit verletzen, ein Loch im Schädel.

Die Winters kamen wie üblich alle zusammen. Der Polizist setzte sich allein an einen Tisch und nippte an seinem Bier. Er hatte seinen Dienstpullover ausgezogen und machte einen Knopf an seinem Hemd immer wieder auf und zu. Am Vortag hatte er Susa erzählt, dass man jetzt auf Martins Blutproben wartete. Die Behörde aus der Bezirkshauptstadt hätte den Fall übernommen und untersuche noch das Auto und die Unfallstelle.

»Da macht man das Fenster auf und denkt sich: Huch, da war ja was.« Das hörte sie den Regionalmanager, heute in einem Hemd mit merkwürdigem Schnörkelmuster, zum Bürgermeister sagen. Dann kamen die beiden Fenninger-Schwestern und setzten sich direkt nebeneinander, ihrer Mutter gegenüber. Die kleinere, Teresa, schaute immer wieder zum Bürgermeister und zum Regionalmanager rüber, Esther saß auf ihren Händen und schaute ins Leere.

»Das habe ich schon immer gesagt, dass man den Blintelmann nicht stören darf«, sagte Wenisch zu Susa, als er sein Bier bestellte.

Susa nickte teilnahmslos. Die Blintelmann-Geschichte hat sie noch nie interessiert. Und noch weniger, welche der beiden Erzählweisen der Sage nun die richtige war, worüber sich Wenisch bis jetzt jedes Jahr mit den anderen am Blintelfest gestritten hatte. Wenisch wartete nicht auf ihre Antwort, sondern nahm sein Bier, setzte sich an einen der Tische und starrte auf den Berg. Wenisch wird irgendwann einfach vergessen zu essen oder zu schlafen oder zu trinken, dann wegsterben.

Martins Mutter trug Schwarz. Alles an ihr schien in einer einzigen Wickelbewegung eingerollt zu sein: ihr Kleid, der Schal, der im Nacken gedrehte Dutt. Alle schauten sie an.

Was für eine dumme Idee, die Kapelle abzubestellen, dachte Susa. Bevor sie ins *ESPRESSO* das Fass holen ging, hatte sie sicherheitshalber noch das Radio aufgedreht.

Und dann das. Einen Moment ist Susa nicht da.

Esther schreit.
»Umgebracht habt ihr ihn!«
Dann Stille.
»Umgebracht habt ihr ihn! Und jetzt ist er tot!«
»Scheißtot ist er jetzt!«

Als Susa wieder nach draußen tritt, zittert Esther am ganzen Körper. Wie eine Verrückte schreit sie. Ihr kleines Gesicht zu einer Fratze verzogen. Wie hässlich Menschen aussehen, wenn sie weinen. Teresa hält ihre Schwester mit beiden Händen fest. Jetzt hört man das Radio wieder. Und die Vögel, und alles andere auch.

Wäre nur die Kapelle da.
Susa zündet sich eine Zigarette an.

Als Kind saß Esther einmal vor dem *ESPRESSO* und löffelte Sahne aus einem großen Topf, den sie in der Küche gefunden hatte. Als Susa ihr den Topf wegriss, kotzte sie ihr vor die Füße. Genau auf die Stufe, wo schon der Teppichboden anfing.

»Was bildest du dir ein, Mädchen!«, sagt der alte Schöllauf. Endlich spricht wieder jemand.

Der Bürgermeister steht auf.

»In der Stadt wäre das nichts, aber hier, bei uns, das trifft uns direkt ins Herz«, sagt er, sieht sich nickend um. Dann setzt er sich wieder.

Als Martins Mutter aufsteht, fällt die Wickelbewegung mit ihr: Der Dutt löst sich und ihre grauen, brustlangen Haare fallen ihr über die Schulter. Das Tuch reißt sie sich vom Hals. Damit sie hinauskann, müssen alle, die mit ihr auf der Bank sitzen, auch aufstehen. Kurz glaubt Susa, dass sie einfach nach Hause geht, dann bleibt sie aber zwischen den Tischen stehen. Mitten auf dem Platz.

»Was glaubst du, wer du bist?«, ruft der alte Schöllauf noch einmal lauter ins Esthers Richtung.

Martins Mutter setzt sich wieder auf eine der Bierbänke, schlägt die Hände vors Gesicht und weint leise. Lange schwarze Fäden ziehen sich über ihre Wangen. Die Wallnöfer aus der roten Siedlung geht zu ihr und reicht ihr ein Taschentuch, das sie nicht nimmt. Dann streicht sie ihr mit einer Hand etwas unbeholfen über den Rücken. Die Fenninger-Mutter fährt ihre Tochter Esther an, gestikuliert wild. Aus der Entfernung hört es sich wie ein Zischen an.

Susa zapft sich Bier in ein Wasserglas, halbvoll.

Der Hirsch-Neffe steht auf, schwankt und schüttet dabei etwas von seinem Bier über den Andreas vom Kiosk. Der schubst ihn, sodass er fast nach hinten über die Bank fällt. Der Bürgermeister setzt zu einem beruhigenden *HE HE* an. Die Khil-Familie mit den kleinen Kindern steht auf und geht.

Der Hirsch-Neffe pöbelt den Andreas an. Der alte Schöllauf beschimpft Esther laut als Göre. Esther schreit zurück, versucht sich von ihrer Schwester loszureißen. Die Winter kommt, um sie festzuhalten, bekommt einen Ellbogen vom alten Hirsch ins Gesicht, der auch Esther festhalten will. Der Winter stößt ihn an den Schultern zurück.

»Aufpassen!«, ruft er.

Zwischen Susa und den Leuten ist die Bar.

Man solle sich wieder setzen, alle sollen sich wieder setzen, ruft der Bürgermeister, aber niemand hört auf ihn. Der alte Hirsch schubst den Winter zurück, der holt mit der Hand aus, deutet eine Ohrfeige an. Der Hauszer will dazwischengehen, gerät aber so nah an den Schöllauf, dass ihre Bäuche aneinanderstoßen, dabei fasst er ihm an die Schulter. Der Schöllauf schlägt ihm die Hand weg, der Hirsch-Neffe stolpert zwischen die Leute, der Winter schubst ihn zurück, dann der Hirsch den Winter, sie schauen sich an, schubsen sich noch mal, jetzt gleichzeitig, die Wallnöfer wirft sich hinein, wird wieder rausgedrückt, sie schimpft laut, mittendrin auch Esther und Teresa, immer wieder stolpert jemand gegen sie, da fällt Teresa fast zu Boden, aber der Regionalmanager fängt sie auf, zieht sie aus der Menge. Der Polizist ruft dazwischen, drängt sich hinein, aber auch er, jetzt, der Schöllauf fasst ihn an den Schultern, er stolpert nach vorn, geradewegs in den Tisch hinein, an dem mittlerweile keiner mehr sitzt: Der Tisch stürzt um, nimmt eine der Bänke mit, es kracht, Gläser zerspringen, die Semmeln verteilen sich über den Boden, mit dem Kopf drückt der Polizist einige platt, einer der Brotkörbe bricht entzwei, die Glaskugeln der Blintelkränze zerbrechen und klirren und dann auch die Glöckchen, sie klingen noch lange nach, als sie über den Platz rollen.

Susa schlägt es bis in den Hals hinauf. Die ganze Deko. Die Semmeln, für die sie extra zum Großhandel gefahren ist. Es pocht in ihren Schläfen, als sie auf den Polizisten zugeht, der sich gerade inmitten der Scherben und Brotreste aufsetzt.

Ihre Ohrfeige knallt ganz schön.
    Dann ist es still.
    Wieder das Radio. Jetzt Wetter.
    »Das trifft uns direkt ins Herz«, sagt der Bürgermeister.

(863,9)

TERESA

Auf einmal ist sie da. Ganz leicht liegt sie in seinen Armen. Seine eine Hand auf ihrem Rücken, die andere unter ihrer Achsel. Und in derselben leichten Bewegung, wie sie nach hinten gefallen ist, hebt er sie wieder nach vorn, in einem Schwung, sodass sie gleich wieder aufrecht steht, er zieht sie an der Schulter aus der Menge.

Er hat sie einfach aufgefangen. Muss auf sie geschaut haben, in dem Tumult. Mittendrin war sie, zwischen den Leuten, die sich weiter hin und her schubsten, und dann hat er sie einfach aufgefangen.

Er nickt ihr zu, als sie zu ihm hochschaut, schaut dann wieder auf die Menschen, die sich noch immer ineinander verhakt haben, sich kurz anstieren, dann erneut schubsen, als wüssten sie nicht weiter, und so schauen sie beide zu, wie der Polizist in den Tisch stolpert, wie es kracht und klirrt, irgendetwas zerbricht. Die meisten Biergläser sind noch ganz, als sie auf dem Boden liegen, es muss die Tischdeko sein, die sie einmal in der Schule gebastelt haben. Susa scheuert dem Polizisten eine, und Teresa schaut gemeinsam mit Merih zu, wie die Ortsbewohner sich langsam voneinander lösen und betreten auf den Boden oder in die Ferne schauen. Ein paar fangen wieder an, miteinander zu sprechen. Esther schüttelt sich, als wollte sie irgendetwas ganz körperlich loswerden. Die ersten drehen sich um und gehen nach Hause, ohne sich zu verabschieden.

Noch immer steht Merih neben ihr. Wenn sich jetzt jemand umdreht und nach Hause geht, sieht er, wie sie vor dem Brunnen stehen, nebeneinander. Er hat sie aufgefangen und wieder hochgehoben: wie eine einstudierte Ballettfigur. Mit Schwung nach vorn und zurück, ganz leicht war sie. Sie schaut wieder zu ihm. Er zieht seine Jacke bis oben zu, lächelt sie an. Jetzt erst sieht sie die Falten unter seinen Augen.

Teresa geht ein paar Schritte weg vom Brunnen, bleibt wieder stehen. Er sieht ihr nach. Langsam geht sie weiter, am Brunnen vorbei, an den Leuten vorbei, und als sie sich umdreht, steht er immer noch da. Sie zittert, merkt sie. Sie geht weiter. Als sie an der Ecke ankommt, wo die Gasse in Richtung *KAUFAHOI* vom Platz abgeht, dreht sie sich noch einmal um und sieht, dass auch er sich jetzt vom Brunnen löst. Er geht ihr hinterher.

Wie bei den Zwillingen im Fernsehen.

Ihre Füße heben sich leicht, ganz von allein. Jetzt weiß sie, wo sie hingeht. Wo sie hingehen muss. Sie geht, ganz langsam, immer wieder dreht sie sich um, sie geht durch die Gasse, lässt die Siedlungen hinter sich. Merih folgt ihr.

Und wenn sie sich jetzt noch einmal fallen ließe, wenn sie jetzt stolperte, würde er sie wieder auffangen? Am Fuß des Berges beginnen die Wiesen. Kurz vor dem Wald hält sie abseits des Weges an. Merih bleibt neben ihr stehen. Jetzt steht er ganz nah neben ihr, und sie steht neben ihm, sie stehen nebeneinander, sie hört sein Atmen, hört auch, wie er die Hände aus den Hosentaschen nimmt.

Sie schaut auf den Boden.

Da ist der Spalt. An manchen Stellen ist er so schmal, dass er fast vom langen Gras verdeckt wird, an anderen könnte sie schon mühelos ihren Fuß hineinstecken. Ein Stück Wiese muss dort bereits hineingefallen sein. Uneben gebrochen, eine Form wie ein Blitz, zieht er sich durch das Gras, trennt Grün und Grün, dazwischen ist es schwarz. Sie beugt sich vor, schaut in das Dunkle hinunter, kann nichts erkennen.

Ihr Finger, ihre Hand, ihr ganzer Körper zittert, als sie darauf zeigt. Merih schaut zuerst auf die Stelle, dann sieht er sie von der Seite an. Er kneift ihr in die Schulter, dort, wo das Schlüsselbein anfängt.

Mit den Unwettern kamen die Menschen. Sie schnitten das Gras und bestellten die Felder. Als der Blintelmann über das Tal flog, wunderte er sich über die Entlegenheit ihrer Hütten. Bei Tageslicht gingen die Menschen allein über die Lichtungen und sammelten Beeren. Es war ihnen nichts anzusehen.

Der Blintelmann wollte dem Menschen Gutes tun. Er pflückte der Sonne ein Stück ab und ließ es über dem Berg fallen. Ein wochenlanger Regen ergoss sich über das Tal. Als er aufhörte, kletterten die Menschen auf den Berg. Als gäbe es dort ein unterirdisches Feuer, so tasteten sie sich in das Innere des Berges, den glänzenden Steinen entgegen.

(886,7)

WENISCH

Es gibt einen trockenen, knöchernen Laut, als Wenisch
beim Nachhausekommen seine Jacke auf die Kommode
im Vorzimmer schmeißt. Schnell hebt er sie wieder auf,
dabei fallen die Deko-Zapfen auf den Boden. Ein paar
Schuppen sind abgebrochen und lassen sich nicht mehr zu
einem der Zapfen zuordnen. Wenisch schimpft, bückt sich
nach den Zapfen, stützt sich dabei mit einer Hand an der
Kommode ab, sie wackelt.

Weil er an nichts anderes denken kann. Alles nur deshalb.
Nicht einmal die kleine Schubserei hat ihn ablenken können, immer wieder dieser Moment mit Martin am Blintelfest im Vorjahr: Sie saßen zu zweit an einem der Tische.
Die Leute tanzten schon. Die Kapelle spielte keine Mär-
sche mehr, sondern Blasmusikversionen von bekannten
Schlagern. Das heißt, es war schon spät, sehr spät, und es
war bereits Stunden her, dass über die Blintelmann-Geschichte gestritten wurde – ob der Blintelmann nun die
Sonne oder einen Felsbrocken aus einem anderen Berg
über dem Tal fallen ließ, also wie genau das ganze Erz
in den Berg gekommen ist. Trotzdem erzählte Wenisch
Martin noch einmal von dem Gemälde, das im Gemein-

deamt im Keller gefunden wurde, auf dem der Blintelmann in seiner typischen Montur, in blau-weiß gestreifter Hose und mit einer helmartigen Mütze, über den Ort fliegt und eindeutig einen gleißend hellen Ball in den Armen hält. Und eben nicht ein Stück Fels. Martin hörte ihm lange zu. Wenisch weiß noch, Martin saß da in seiner blauen Trainingsjacke, schaute auf sein Bier, schaute zu Wenisch, schaute auf die tanzenden Leute. Lang drückte er in seinem Gesicht herum, ohne zu antworten. Fuhr sich durch die Haare. Dann stand er auf. Er stand und sah auf Wenisch herunter, der noch immer saß. Martin zog seine Jacke bis oben zu, steckte seine Hände in die Jackentaschen. Dass das alles *Schwachsinn* sei, sagte er.

»Was?«, fragte Wenisch.

»Alles Schwachsinn«, sagte Martin. »Alles nur erlogen, um die Bergleute blöd zu stellen, damit die nicht wissen, was sie da gerade tun. Dass sie den Berg aushöhlen und ausrauben.«

Genau das sagte er. Aushöhlen und ausrauben. Dann ging er nach Hause.

(908,3)

SUSA

Wenn Susa nach dem Aufwachen den Mund zum ersten Gähnen öffnet, knackst ihr Kiefer so laut, als müsste sie ihn erst wieder einrenken. Vor dem Spiegel klammert sie sich die kurzen Haare mit einer Haarspange zurück, um ihr Gesicht zu waschen. Ihre Poren auf der Nase sind unglaublich groß. Kommt das vom Rauch in der Bar oder vom Rauchen selbst?

Oder von beidem?

Sie wird alt.

(929,5)

TERESA

Teresa steht in der Zimmertür und schaut auf Esther, die in ihrer violetten Pyjamahose und dem T-Shirt mit den Obstflecken auf dem Bett ihrer Eltern liegt, die Arme und Beine von sich gestreckt.

»Ich brauche mehr Luft«, sagt Esther. »Ich kann nicht mehr atmen.«

Sobald der Vater morgens aufgestanden und mit dem kleinen Kofferradio aus der Küche in den Innenhof gegangen ist, um sich dort in einen der weißen Plastikstühle zu setzen und Unkraut zu jäten oder die Thujenhecke zu schneiden, wechselt Esther von ihrem eigenen Bett ins Elternschlafzimmer. Dort steht der Fernseher. Das Bett ist in die Wand eingebaut und lässt sich zu einem Sofa zusammenklappen, aber meistens legt sie sich gleich auf das ungemachte Bett.

»Dann setz dich doch mal ordentlich hin«, sagt Teresa.

Esther hat ihren Kopf mit einem Polster etwas aufgerichtet, sodass sie gleichzeitig auf den Fernseher und den Laptop auf ihrem Schoß sehen kann.

»Weißt du, das Interessante ist, dass bei den meisten

Unfällen in diesen Shows der Orka den Pfleger nicht zu Tode beißt, sondern so lang im Becken in die Tiefe zieht, bis der irgendwann einfach ertrinkt«, sagt sie zu Teresa.

»Ich zeig dir das mal.«

Im Fernsehen läuft gerade ein Zeichentrickfilm mit Pinguinen in Brillen und Pullovern. Teresa kann ihre hohen Stimmen hören, aber nichts verstehen.

»Jetzt mach wenigstens den Fernseher aus«, sagt sie.

»Nein!«, ruft Esther. »Schau. Da. Der Pfleger.«

Esther wendet den Blick nicht vom Laptop ab, tastet mit beiden Händen nach der Fernbedienung, die sie in einer Deckenfalte findet und umklammert hält. Teresa schaut auf Esthers dünne, feine Oberarme, auf das spitze Kinn und die Wangenknochen. Zum ersten Mal sieht auch Esthers Gesicht fremd aus. Unter ihren Augen sind dicke Kissen aufgequollen, und insgesamt haben sich die Proportionen verschoben; die Nase ist riesengroß, und die Wangen sind eingedrückt. Ihr Mund ist nur eine rote, offene Kruste. Teresa wird sich trotzdem an ihre Schwester halten. Wenn sie das Gleiche isst wie Esther oder weniger, dann wird sie bald die gleiche Figur haben wie sie. Die gleichen Beine und die gleichen dünnen Oberarme. Esther wird hier sein mit ihrem fremden, hässlichen Gesicht und Teresa, groß und schlank, in der Stadt.

»Der Pfleger streichelt dem Orka so lang über den Kopf, bis der sein Maul öffnet und der Pfleger sich an den Beckenrand retten kann«, sagt Esther. »Wahnsinn. Einfach Wahnsinn.«

»Hm«, macht Teresa. Sie lässt sich neben Esther aufs Bett fallen, kneift ihr in den Oberarm.

»Komm, wir gehen raus«, sagt sie.

Esther klickt ein neues Video in der Liste der Vorschläge an, und dann, noch bevor dieses geladen ist, sofort wieder ein anderes. Teresa rückt näher heran, um auch auf den Bildschirm sehen zu können. Sie macht die Augen zu. Der kurze orientierungslose Taumel zwischen den vielen Leuten. Das Gefühl, gleich zu fallen, gleich rückwärts am Boden aufzuschlagen –

»Ich habe irgendwie das Schlafen verlernt«, sagt Esther plötzlich. Sie starrt in den Laptop. Klickt weiter, während sie spricht.

»Am Anfang habe ich über Nacht einfach vergessen, dass er tot ist und als ich aufgewacht bin, hatte ich nur das unbestimmte Gefühl, dass irgendwas mit mir passiert ist. Irgendwas Schlimmes. Es hätte auch ein schlimmer Streit oder ein starkes Fieber sein können. Aber dann ist mir der Unfall eingefallen, und Martin ist schon wieder gestorben. Jeden Morgen neu gestorben. Jeden Scheißmorgen. Die letzten Tage wollte ich deshalb gar nicht mehr schlafen. Aber jetzt, wo der Tod schon überall sitzt, überall sitzt er in mir, Resi, da und da und da, und jetzt wo ich ihn auch im Schlaf nicht mehr vergessen kann, habe ich einfach das Schlafen verlernt.«

»Was für einen Tag haben wir heute?«, fragt Esther.

»Samstag.«

»Ich kann nicht mehr schlafen, Resi«, sagt sie.

Wie stark seine Arme sein müssen. Und wie leicht sie war. Auf einmal der Druck der einen Hand auf ihrem Rücken, die andere hat sofort den Weg unter ihre Achsel gefunden. Ganz fest lag sie in seinen Armen, und wenn sie jetzt daran denkt, dann lag sie eine ganze Weile so da, rückwärts, in seinen Armen, ganz leicht und ganz fest zugleich, das klingt merkwürdig, aber so ist es wohl bei ihnen, und dann hat er sie in der gleichen Bewegung wieder hochgehoben. Wie unglaublich leicht sie war –

»Fernsehen ist das Einzige, auf das ich mich konzentrieren kann«, sagt Esther. »Dabei verbrauche ich so wenig Energie, dass mein Körper in eine Art Standby-Modus kommt und ich einen Moment vergesse nachzudenken. Dann denke ich nur an die Flügelspannweite eines Harpyies oder an die furchtbaren Bedingungen von Tierpark-Shows oder was auch immer gerade im Fernseher läuft, also bitte, bitte lasst mir doch alle wenigstens das Fernsehen.«

»Aber du schaust ja gar nicht hin«, sagt Teresa.

»Resi!«

Wie die Zwillinge im Fernsehen: dass man gar nicht miteinander kommunizieren muss, um alles zu wissen. Sie ist vorgegangen, und er hat verstanden. Sie hat ihm als allerersten Menschen den Spalt gezeigt. Er hat ihr Klavierspiel gelobt. Er ist der allererste Mensch.

»Wir gehen ins Revier«, sagt Teresa. »Komm.«

Das Video stockt, als ein Mann in einem Neoprenanzug gerade versucht, sich am Beckenrand hochzuziehen, im Wasser, unter ihm, sieht man den Wal.

»Ich weiß nicht, was dort besser sein soll«, sagt Esther. »Dort kann ich noch weniger atmen. Ich kann nicht mehr schlafen und nicht mehr atmen. Nur fernsehen.«

Teresa antwortet nicht. Sie legt die Hände auf ihren Bauch und schaut wieder auf den Fernseher, dort noch immer die Pinguine, dann auf den Laptopbildschirm, wo das Video weitergeht. Der Wal kommt hoch, zieht den Pfleger ins Wasser zurück.

»Mich interessieren nur die Videos, wo man auch wirklich was von den Unfällen sieht, aber davon gibt es so wenige«, sagt Esther.

Ob er daran denkt? An das Fallen und Hochheben? Das schwer und leicht sein zugleich?

»Warum bist du eigentlich so gar nicht traurig«, sagt Esther auf einmal. »Ich hab dich kein einziges Mal weinen sehen.«

»Wie«, sagt Teresa und setzt sich auf.

»Martin«, sagt Esther. »Ja, Martin natürlich.«

Esther kratzt sich mit dem Daumen und dem Zeigefinger hinter dem Ohr, ganz schnell und fest hin und her, sodass es wehtun muss.

»Die Orkas in den Tiershows sterben viel früher und haben oft eine umgeknickte Rückenflosse, aber in den Parks wird einem erzählt, das sei ganz normal«, sagt Esther, »man sollte dort wirklich nicht hingehen.«

»Aber vielleicht verstehst du das alles nicht«, sagt sie.

Teresa steht mit einem Ruck auf.

»Komm jetzt, Esi. Wir gehen raus.«

»Esi!«

Esther reagiert nicht, bis Teresa an ihrem Arm zieht und ihr die Schuhe aufs Bett wirft.

»Resiiiii«, schreit sie.

Dann steht sie auf.

Sie gehen aus dem Haus, und Teresa hält Esther am Arm, als würde sie sonst weglaufen. Sie zieht ihre Schwester die Straße hinunter, zum Revier.

(948,1)

WENISCH

Am Morgen, noch bevor der Bus fährt, macht Wenisch das Fenster von der Küche auf die Straße auf. Das einzige Geräusch: das Knarren der Fensterläden. Er sieht nach links, nach rechts. Er sieht auf den Berg. Jeden Morgen denkt er daran. Früher war er einer der Ersten morgens im Berg, weil er die Sprenglöcher ausmaß und bohrte. Er grüßte seine Kollegen in der Umkleide und kontrollierte seine Stirnlampe. Er zog sich um, setzte den Gehörschutz auf. Dann legte er den Schalter mit seinem Namen auf der Anwesenheitskontrolle neben der Tür um. Er grüßte noch einmal und sprach ab dann den ganzen Tag mit niemandem mehr. In den Pausen setzte er sich vor die Kapelle und hörte Musik, die er sich zu Hause auf Kassetten aus dem Radio aufgenommen hatte, oder er legte eine der Lieder-Kassetten seiner Frau in den Rekorder ein. Oft summte er die Melodien noch beim Bohren nach, obwohl er nichts hören konnte. Ein Vibrieren auf den Lippen. Des ganzen Körpers eigentlich, die ganze Zeit. Er dachte daran, dass man in Südamerika unter Tage zum Teufel betete. Oder daran, wie es wäre, in einem Büro zu arbeiten und mittags mit den Kollegen in eine Kantine zu gehen. Er überlegte sich, was für einen Beruf er gelernt hätte, wenn er nicht hier geboren worden wäre.

Manchmal schaut Wenisch auf die Uhr und sieht, dass früher gerade Sprengzeit gewesen wäre. Dann öffnet er das Fenster und sieht auf den Berg. Ein dumpfer, leiser Knall. Es könnte auch die Nachbarin sein, die die Tür zuschlägt. Wie soll seine Tochter auch verstehen, wenn sie nicht weiß, was das für ein Leben im Berg ist.

(967,7)

MERIH

Warum nicht jemand aus dem Ort seinen Job habe, fragt ihn ein älterer Mann, der ihm in grauer Latzhose die Tür öffnet, denn Wohnungen habe man genug, Arbeit aber nicht.

Ob man die Tapeten mitnehmen könne, fragt eine Frau über das laute Rattern eines Trockners hinweg. Und die Einbauküche?

Prüfung der Demografierelevanz

Gesundschrumpfen als Chance/Regionale Daseinsvorsorge/ Attraktivitätsrelevanz der Ortskerne/ Merih hat in vielen Wohnungen die gleichen Keks-Großpackungen gesehen und von ihnen probiert. Er hat erklärt, wie man Fördergelder beantragt, hat die Umbaupläne für das neue Ortszentrum und das Landesschulheim gezeigt,

Neue Begegnungsorte schaffen

an die Bürgersprechstunde und die benötigten Unterschriften für den Projektbeginn erinnert. Er hat viel Kaffee getrunken und viele Katzen gestreichelt, er hat die gleichen Kekse wie in den Häusern später in dem kleinen Laden auf dem Hauptplatz wiederentdeckt und sich dabei gefragt, warum Kleinerwerden immer nur als Unfall gedacht wird. *In modernen Gesellschaften muss sich eine Kultur des Schrumpfens entwickeln.*

»Wir verschwinden, so ist das eben«, hat Susa zu ihm gesagt.

Merih setzt sich erschöpft an einen der runden Tische im *ESPRESSO* und bestellt ein großes Bier. Im *ESPRESSO* ist immer Nacht, und das ist gut so. Die weißen Spitzenvorhänge und die grünen Büropflanzen verdecken die Sicht nach draußen. Die orangefarbenen Glühbirnen in den tiefhängenden Lampen machen zu jeder Tageszeit das selbe gedämpfte Licht. Nur der ausgeblichene blaugraue Teppichboden erinnert daran, dass auch hier Zeit vergeht und Dinge bleiben: Manche der bräunlichen Flecken sind so groß wie Merihs ganzes Büro.

Wenisch scheint genauso zum Inventar zu gehören wie die schwere metallene Adlerfigur, die auf der Bierausschenke steht. Er trägt wie immer ein ordentliches Karohemd, darüber eine schwarze Vliesjacke, als wäre er jederzeit im Begriff zu gehen oder als wäre er tatsächlich nur auf einen Sprung vorbeigekommen. Merih trinkt sein Bier, hört von seinem Tisch aus Wenisch und Susa an der Bar zu. Sie erzählen sich gerade davon, wie der deutsche Jurist, der die Jagd im umliegenden Wald gepachtet hat, einmal einen brünftigen Hirschen schoss, weil er angeblich krank war, und dieser dann tot, aber noch warm, erst vor kurzem mit dem Messer abgenickt, vor dem ESPRESSO in einer Schubkarre lag. Es stank bis hinein an die Theke, wie eine Mischung aus Erbrochenem und nassem Tierhaar.

Merih schaut zum Fernseher über dem Türrahmen. Dort läuft das Wetterpanorama ohne Ton. Braune, abgeholzte Hänge, Metalltürme, stillstehende Gondeln in der Luft. Ob Wenisch bewusst ist, dass er einen Ort hat, zu dem er gehört, dass er quasi Teil eines Ortes ist?

Susa hat ihm gesagt, sie wisse, was man in der Stadt über den Ort sage: Hier möchte man nicht einmal begraben sein.

»Na, Herr Regionalmanager«, ruft Wenisch über die Schulter von der Bar.

»Was sagen die Leute?«

»Es läuft«, sagt Merih.

Wenisch dreht sich auf seinem Barhocker herum und schaut ihn an. Merih steht auf und stellt sich neben ihn an die Bar.

»Ich würde gern die Nutrias sehen.«

Wenisch schiebt sein Bierglas auf der Theke hin und her. Er fährt mit zwei Fingern in das Glasschälchen mit den Erdnüssen, zieht sie aber sofort zurück, als er bemerkt, dass Merih sein Zittern sieht.

»Erschossen gehören die alle, eine Plage«, sagt er.

Merih fällt die Geschichte ein, die ihm Laras Vater vor seiner Abreise erzählt hat: Wie er eines Morgens hier joggen ging und am Bach auf eine ganze Nutria-Familie stieß. Erst erstarrten die Tiere, dann sprangen sie ruckartig zusammen, die Mutter über den Kindern, und starrten ihn an. Merih und Wenisch schauen gemeinsam auf den Fernseher.

Wie kann es passieren, dass man im Laufe seines Lebens seinen Vornamen verliert?

»Egal, die Viecher. Unseren Berg musst du sehen, sonst gar nichts«, sagt Wenisch.

Es ist noch hell draußen, als Merih mit Wenisch das *ESPRESSO* verlässt. Als sie über den Platz zu Wenischs Auto gehen, haben sich die beiden Männer in grellblauen, zu großen Poloshirts mit Firmenlogo, denen Merih am Vormittag das Büro aufgesperrt hat, damit sie die Toilette im Hinterzimmer herausreißen und neu machen, gerade vor dem Büro auf den Boden gesetzt. Aus dem Auto, das neben ihnen steht, kommt laute Musik, zu laute Musik, und Merih versucht nicht hinzuschauen.

»Wo kommt man mit so einem Namen denn her«, fragt Wenisch.
»Mein Vater ist in der Türkei geboren, sagt meine Mutter«, sagt Merih.

Er sei der Archivverwalter, hat Wenisch ihm erzählt. In seinem Auto riecht es nach Rauch und altem Mann. Merih rutscht auf dem Autositz-Überzug aus kleinen

Holzkügelchen bei jeder Beschleunigung ein bisschen vor und dann wieder zurück. Sie biegen von der Schnellstraße bald wieder rechts ab, fahren einen geschotterten Weg hinauf und bleiben dann auf einem großen Parkplatz stehen. Als Wenisch die Museumstür aufsperrt und die Tür nach innen aufdrückt, schwankt er leicht und schaut sich nach Merih um. Wundert sich Wenisch gerade genauso wie er, dass sie tatsächlich aus dem *ESPRESSO* hierhergekommen sind?

Erst als das Licht im Vorraum des Museums angeht und er den halbleeren Postkartenständer fast zu Boden reißt, weil er sich daran festhalten will, merkt Merih, dass er schon betrunken ist. Hoffentlich fällt es Wenisch nicht auf. Die Wände sind hier mit alten Plakaten vollgeklebt, die das Blintelfest ankündigen. Wenisch sucht etwas an der Kasse und kommt mit einer Taschenlampe zurück, die er Merih entgegenstreckt. *Unseren Berg musst du sehen, sonst gar nichts.*

»Meine Tochter, die Mitzi, die ist Künstlerin«, sagt Wenisch.

»Ah ja«, sagt Merih. »Was macht sie denn?«

Er folgt Wenisch durch zwei Räume mit Werkzeug, Urkunden und Fotos hinter Vitrinen, dann durch einen langen Gang. Merih schaut auf die Linien von Wenischs olivgrüner Cordhose, um sich auf irgendwas zu konzentrieren. Wenisch hat eine Figur wie ein Storch: ein runder, fester Bauch und dünne, staksige Beine.

Alte Menschen können einfach so zusammenklappen. Was macht er, wenn Wenisch jetzt umkippt?

»Was das Schlimmste ist, ist das Vergessen«, sagt Wenisch in den langen Gang vor sich hinein. »Wir haben schließlich alle eine Geschichte miteinander. Man darf Martin nicht vergessen.«

Mit einer Hand stützt Wenisch sich am Rücken, mit der anderen an der Wand ab, als würde er bei jedem Schritt Schwung holen müssen.

Wenn Merih überhaupt mit irgendjemandem eine Geschichte teilt, dann mit Lara. Wie lang würde es dauern, bis sie erfährt, dass er hier im Berg verschüttet wurde?

»Was war er denn für einer, der Martin«, fragt Merih.

Als Wenisch eine Tür am Ende des Gangs öffnet, schlägt ihnen kalte, feuchte Luft entgegen. Dahinter ist es dunkel, Merih schaltet seine Taschenlampe ein.

»Wir betreten jetzt historisches Gebiet«, sagt Wenisch.

Merih muss sich bücken. Er versucht den Geruch von kaltem, feuchten Stein und Staub nicht durch die Nase einzuatmen, davon wird ihm schlecht.

Nach wenigen Metern erreichen sie eine Art Höhle. An der Wand ist ein Schild angebracht, Merih kann aus der Entfernung nicht erkennen, was darauf geschrieben steht. Daneben ein großer roter Knopf, von dem ein Kabel wegführt.

»Normalerweise gehen jetzt Lichter an, und dann wird

die Geschichte vom Blintelmann erzählt, wie er die Sonne über dem Ort fallen lässt, aber das ist kaputt gerade«, sagt Wenisch.

Merih setzt sich neben Wenisch auf die in die Wand gehauene Sitzbank. Auf dem Weg hierher, vom *ESPRESSO* zum Auto und vom Auto ins Museum, war Wenisch so kurzatmig, beinahe gehechelt hat er. Aber hier atmet er ganz tief und regelmäßig. Die Hände auf die Oberschenkel gestützt schaut er in das weite, unweite Dunkel der Höhle. Im Licht der Taschenlampe sehen seine Falten im Gesicht und am Hals aus wie architektonisch genau angeordnete Ausformungen seiner Haut. Nichts erinnert an den nervösen, sterbenden Mann aus dem *ESPRESSO*.

Ob Wenisch damals auch in dieser Höhle saß, als er darauf wartete, dass der Sprengstoff zündete? Er muss früher, wenn er nicht gerade schlief, mehr Zeit in der Dunkelheit des Berges als bei Tageslicht verbracht haben. Oder hat er noch mit Hammer und Meißel Löcher in den Stein gehauen, den Erzspuren hinterher? Vielleicht hat er hier auf dieser Steinbank gesessen, um seine Pausen zu machen, zu müde, um in sein Brot zu beißen, und hat versucht sich vorzustellen, dass es da draußen Städte und andere Täler gibt. Oder gibt es in solchen Momenten nur die Dunkelheit des Berges, sonst nichts?

Wenisch hat sein Leben lang etwas produziert. Er hat Dinge aus dem Berg gesprengt oder geklopft, die danach eine Wertigkeit bekamen. Man kann seine Arbeit in Zahlen und Kilos messen.

Als Wenisch seine Stirnlampe ausschaltet, macht Merih es auch. Er versucht genauso ruhig zu atmen und zu schauen wie Wenisch. Aber wenn er tief einatmet, fühlt es sich so an, als würde der Staub in der Luft sich bereits an der Innenseite seiner Luftröhre ablegen und bei jedem Atemzug hinauf- und hinunterschaben. Langsam gewöhnen sich seine Augen an die Dunkelheit, er kann jetzt die Felsformationen an den Wänden erkennen. Er kann auch den Gang, der weiter in den Berg führt, sehen. Da ist ein Glänzen an den Kanten, vor allem an der Decke, sie muss nass sein, er sieht ein schwarzes Glänzen in dem Schwarz, er weiß selbst nicht, wie das gehen soll, aber er sieht es, und da auch ein dunkelgrünes, ein violettes Schimmern, hier weiter vorn ein türkisfarbenes.

Irgendwo tropft es, ganz nah. Dann etwas weiter weg, dann auch hinter ihm, und plötzlich von allen Seiten. Der Raum scheint auf einmal viel größer als vorhin, scheint ganz und gar aus Tropfen und Glänzen zu bestehen. Wie das glänzende, farbige Wasser von den Decken fällt und sich auf die Steine legt, so müssen die Steine einmal begonnen haben zu glänzen, und so besteht alles, was glänzt, eigentlich nur aus diesem Quellwasser, das aus den Tiefen des Berges kommt –

Merih fühlt sich, als hätte er seit Ewigkeiten nicht mehr geschlafen.

»Warum soll sich hier jemand umbringen«, sagt er.

Wenisch nickt langsam.

»Vielleicht findet die Mitzi das ja gut mit den Wohnungen am Hauptplatz, wenn es dafür auch Geld gibt«, sagt Wenisch schließlich, seine Augen fixieren einen unbestimmten Punkt an der Felswand.

Als sie wieder nach draußen gehen, überlegt Merih kurz, ob er Wenisch freundschaftlich an der Schulter drücken soll, weil sie jetzt doch irgendwie zusammengehören. Dann lässt er es aber.

Von nun an war das Glänzen im Inneren des Berges nicht mehr zu beruhigen, es leuchtete bis hinunter ins Tal. Aus der Ferne sah es aus wie ein Glitzern, das im Tageslicht aufstaubte. Er funkelte auch nachts in Grün bis Dunkelblau, fast Schwarz.

Mancher Stein war von besonderer Beschaffenheit. In ihm schien ein weißes Licht, das sich tausendfach ins Innere spiegelte. Es erzählte von unbekannten Welten, entdeckte im Gewöhnlichen das Geheimnis, im Einzelnen den Zusammenhang, im Endlichen die Unendlichkeit.

(983,0)

TERESA

Sie hat ihr Haargummi zwischen Daumen und kleinen Finger gespannt, die anderen Finger jeweils abwechselnd darunter- und darübergelegt. Sie bewegt die Finger der Reihe nach wie kleine Wellen, die sie immer wieder hin- und herschickt. Manchmal hebt sie einen Finger mehrmals hintereinander.

In Merihs Küche fällt das Sonnenlicht in dünnen, scharfkantigen Streifen durchs Fenster. So stellt sie es sich vor. Von der Küche geht ein Balkon zur Straße raus, sodass man sehen kann, wann die Gäste zu Besuch kommen, oder umgekehrt von der Straßenbahnhaltestelle nach Hause kommend bereits weiß, ob jemand zu Hause ist und ein Licht auf einen wartet. Eine Durchreiche zum Wohnzimmer, dort der Esstisch. Eine Schale mit Obst, hauptsächlich Äpfel, aber auch Weintrauben, grüne Birnen. Im Wohnzimmer ein Ledersofa und ein roter Couchsessel vor einem Bücherregal, das bis zur Decke reicht, daneben auf dem Boden ein Stapel CDs. Ein helltürkisfarbener, leichter Vorhang, der alle Farben etwas weicher macht, und ein glatter Parkettboden, in dem sich ihre Umrisse spiegeln. Und in die Ecke, rechts vom Ledersofa, vor dem Fenster, stellt sie ihr Klavier, einen Konzertflügel, auch dieser glatt und glänzend wie der Boden.

Mit der rechten Hand geht es bereits recht gut. Sie probiert mit dem Haargummi um die Finger die Übung anzuspielen. Sie drückt ein paar Tasten, aber der Gummi rutscht ihr immer die Finger hinunter oder aufs Handgelenk. Eine kann gehen. Das war schon immer so. Die Sache mit dem Gleichgewicht: Wenn eine geht, ist es trotzdem noch eine Familie, ist es trotzdem noch ein Ort. Solange gerät nichts ins Rutschen und alles bleibt in Ordnung oder: Solange ist es noch eine Ordnung, weil eine von zwei, das ist noch kein Fehler. Da wundert man sich noch nicht. Das hat Teresa bereits bei den anderen Familien im Ort beobachtet. Solange Esther bleibt, kann sie in die Stadt gehen. Deshalb muss sie jetzt üben. Sie muss immer üben. Die Finger müssen laufen, nicht stolpern, keine einzelnen Bewegungen der Finger, ein knochenloses Weitergleiten soll es sein –

»Denk an Reptilien! Ein Chamäleon zum Beispiel.« Sagt ihre Klavierlehrerin.

Sie wird in einem großen Supermarkt einkaufen gehen, in dem es Probierstände von italienischem Käse gibt.

Sie wird immer wissen, wann die letzte Straßenbahn fährt.

Sie wird Freunde durch die Stadt führen und sie werden sagen: Wie gut, eine Stadt durch Einheimische kennenzulernen.

Ein Chamäleon! Jetzt nur nicht auffliegen. Ihre Klavierlehrerin darf nichts merken. Teresa wird eines dieser Mädchen im Konservatorium in der Stadt sein, die sie dort einmal gesehen hat. Wie sie wird sie weite, durchsichtige Blusen tragen und ihre Haare zu einem hohen Dutt zusammenstecken. Sie wird immer, wenn sie still dasitzt, mit einer Hand die andere halten. Nur nicht auffliegen. Sie probiert weiter die Fingerübung anzuspielen, aber der Haargummi rutscht ihr weg. Sie schlägt mit beiden Fäusten fest auf die Tasten. Als sie mit dem Klavierspielen anfing, fand sie es vor allem gut, nach der Schule im Nachbarort bleiben zu dürfen und für den Bäcker mittags Geld von ihrer Mutter zu bekommen. Dann kamen die Konzerte in der Stadt, zu denen ihre Lehrerin sie mitnahm. Geschickte Finger habe sie schon, jetzt brauche sie noch das Gefühl, sagte die Lehrerin zu ihrer Mutter und gab Teresa CDs zum Anhören für zu Hause mit. Teresa lag dann auf ihrem Bett, bemühte sich an nichts zu denken, sich nur auf die Musik zu konzentrieren. Sie wartete auf ein Gefühl dazu, aber es rührte sich nichts, sosehr sie sich auch bemühte, die Augen schloss, den CD-Player lauter schaltete, das Licht ausmachte. Sie schlief ein. Vom Fehlen jeglicher Rührung oder Freude oder Traurigkeit beim Hören hat sie ihrer Lehrerin nichts erzählt. Denn wenn die eines Tages merkt, dass Teresa nicht nur kein Gesicht, sondern auch kein Gefühl hat, dann ist es vorbei. Aber es wird alles klappen. Nur nicht auffliegen jetzt. Sie muss sich jetzt keine Sorgen mehr machen. Sie wird am Klavier sitzen, Parkettboden, draußen die Straßenbahnen.

Teresa versucht noch einmal zu spielen. Der Haargummi rutscht ihr wieder aufs Handgelenk, aber sie probiert weiter, sie spielt immer wieder die ersten Töne an. Die gefliesten Wände, der Geruch von Zitronen-Scheuermilch und die grün-weißen Lichter hier drinnen, das alles findet sie gerade nicht so schlimm wie sonst. Das Gleichgewicht muss stimmen: Eine kann gehen. Dann muss Esther selbst auf sich und die Familie aufpassen. Teresa wird in der Stadt sein. Sie werden verstehen. Für sie wird es in der Stadt immer einen Grund geben. Die Eltern können den Nachbarn sagen, dass ihr Kind Künstlerin sei. Sie wird auf der ganzen Welt Klavier spielen und auch wenn sie weit weg ist, wird sie immer und überall ihr Kind aus dem Ort bleiben, auf sie wird man stolz sein können –

Sie wird sich schminken und immer aufgeräumt aussehen.
Sie wird zu einer Ausstellungseröffnung gehen.
Sie werden sagen: Du siehst ja schon so städtisch aus.

Sie spielt weiter, da merkt sie, dass der Gummi nicht herunterrutscht, auf einmal klappt es, nur jetzt nicht verhauen, mittendrin ist sie schon, sie schaut auf die Noten, wieder auf ihre Hand, aber der Haargummi rutscht diesmal nicht. Sie spielt die Übung ganz bis zum Ende, dann wirft sie den Klavierdeckel zu, läuft aus dem Musikheim. Wie leicht ihre Schuhe auf den Pflastersteinen klappern! Die beiden Laternen am Hauptplatz sind schon eingeschaltet, die beiden, die noch funktionieren, Teresas Schatten ist schmal und lang, sie sieht ihm von der Seite beim Laufen zu. Sie umarmt Patz schnell, der noch am Brunnen steht, ruft Bis Morgen! Bis Morgen!, läuft weiter. Was für eine Ruhe in diesen Häusern liegt! Wie viele Menschen hier schon gelebt haben, wie viele Verstecke es in ihnen gibt! Und wie schön der dunkle Wald dahinter, die Berge! Bald wird sie in der Stadt leben und an diese schönen leeren Straßen denken, an die riesige Trauerweide am Straßenrand neben der Bushaltestelle, an die alte Holztür zum Keller des Gemeindeamts, an das Surren und Ziepen, das im Sommer in der Luft liegt, sie läuft weiter, springt immer wieder in die Höhe, so hoch sie kann, die ganze Straße lang bis zu den Siedlungen. Wie es schon nach heißen Sommernächten riecht! Es liegt in der Luft.

Sie läuft bis nach Hause: Heute geht ihr der Atem nicht aus. Als sie die Wohnung betritt, ist es ruhig. Kurz ist ihr schwindelig, vom schnellen Laufen und vom plötzlichen Stehenbleiben. Teresa geht in die Küche und schneidet sich ein großes Stück von dem Blockkäse ab. Ruft ihre Mutter, dann ihre Schwester. Niemand antwortet. Sie schaut durch das Küchenfenster nach draußen, ob im Innenhof noch jemand auf der Bank sitzt, geht dann ins Elternschlafzimmer. Auch dort ist niemand. Zurück ins Vorzimmer. Sie hört ein Geräusch aus Esthers und ihrem Zimmer, sie geht hinein.

(1002,4)

MERIH

Wenn Merih sich im Dunkeln auf den Geruch in seinem Zimmer konzentriert, dann riecht es nach Gülle oder nach etwas Verwestem. Er hört ein Rascheln. Vielleicht leben Ratten in den Wänden, und einige verrotten dort schon. Er kann nicht einschlafen.

Er öffnet das Dokument, in dem er seine Notizen macht. Er schreibt unter den Satz

martin ist weg
merih ist hier

und löscht es dann wieder.

(1027,4)

WENISCH

Dafür braucht er jetzt eine ruhige Hand. Bevor er das Messer ansetzt, hält er kurz inne, sieht seinem Zittern zu. Dann drückt er an, muss kräftig sägen, um durch das hölzerne Äußere zu kommen. Innen sieht der Zirbenzapfen aus wie eine exotische Frucht. Das kräftige Pink und Weißgelb im Kern, wie irgendetwas sehr Süßes. Wenisch steht in der Küche, schaut auf die Uhr. Fünf Uhr ist es.

Martin, wie er am Zaun im Garten steht. Letzten Sommer. Im Hintergrund das Elternhaus, pfirsichfarben, die Sonnenstrahlen durch die Wolkendecke, durch die dünnen Kirschblüten hindurch, sommerhell und heiß. Franz sitzt auf Martins Fingern, streckt sich der Sonne entgegen. Es sei sehr großzügig gewesen, sagt Martin, dass er, Wenisch, seine Tochter schon als Kind zum Sport geschickt habe. Dass er sie gehen lassen habe. Wenisch schaut auf Martins Hände. Schaut auf Franz in Martins Händen, schaut auf Franz' Greifarme, die sich in Martins Finger bohren, weiß noch immer nicht, was er darauf sagen soll. Dann, zum Glück, sagt Martin was. Ob er, Wenisch, Franz einmal halten wolle?

Martin hatte doch seinen Franz, seine Esther, er hätte doch niemals –

Der Kühlschrank surrt, und Wenisch schlägt mit der flachen Hand gegen die Tür. Er schneidet die Zapfen in möglichst gleich große, gut ein Zentimeter dicke Räder, legt sie in das Einweckglas, das er auf die Arbeitsfläche in der Küche gestellt hat, und gibt die Gewürznelken und den Zimt dazu. Er öffnet die Flasche Korn. Riecht daran. Nimmt einen kleinen Schluck, schüttet dann die ganze Flasche in das Glas. Wie es gluckst. Zum Schluss streut er den Kandiszucker hinein, der durch den Alkohol rieselt und sich am Boden absetzt. Wenisch hebt das Einweckglas auf die Fensterbank, sieht es eine Weile an, wie das Sonnenlicht hineinfällt. In ein paar Wochen wird die Flüssigkeit rosa sein, dann wird es Schnaps geben.

(1043,4)

MERIH

In der Nacht noch ist ihm die Idee gekommen. Er hat sich alles aufgeschrieben, ist erst bei Dämmerung eingeschlafen und doch schon so früh aufgewacht, dass er noch warten musste, bis er seinen Chef im Büro anrufen konnte.

Ein Fest!
Das ist die Idee.
Seine Idee!

Er wolle die normale Projektabschlussveranstaltung, die am Ende des Sommers angesetzt ist, zu einem Ortsfest vergrößern, erklärte er seinem Chef, und er habe vor allem einen Umbau im Museum und dessen Neueröffnung vor. Ein Aufbruch! Und das jetzt, wo das Blintelfest geplatzt ist. Alle werden unterschreiben, das Projekt ist gewonnen. Wer hier ein Fest macht, gehört dazu.

»Machen Sie mal«, hat sein Chef gesagt.

Er wird nicht mehr der Typ mit den Formularen sein. Er wird jemand sein, an den man sich erinnert. Einer von hier. Er wird mit Lara und ihren Freunden im Pfleger sitzen und davon erzählen.

Als Belohnung hat er sich heute freigenommen. Er beschließt wandern zu gehen. Gleich nach dem Frühstück packt er seinen Rucksack. Erst quert er den Hauptplatz, folgt der Gasse, die zu den Wäldern führt. Auf dem Boden sieht er die Flugblätter liegen, die er vor die Haustüren gelegt hat, vom Wetter aufgewellt und die Schrift bereits verschwommen. Er folgt dem Weg, den Susa ihm empfohlen hat und der gleich hinter dem Schichtturm durch den Wald auf einen der Gipfel führen soll.

Es geht steil bergauf, Merih kommt ins Schwitzen. Als er an dem Stück Wiese vorbeikommt, wo Teresa ihn nach dem Blintelfest hingeführt hat, bleibt er einen Moment stehen. Warum ist sie auf einmal weggelaufen? Hat er etwas Falsches gesagt? Kinder in dem Alter sind schwer zu verstehen.

Die letzten Tage waren anstrengend. Der Bürgermeister ist verschwunden, und seitdem kommen die Leute zu ihm. Sie klopfen an sein Büro.

Ein Mann in kurzen Jeanshosen und weißen Plastikschlappen wünscht sich einen Tierarzt am Hauptplatz.

Eine kleine hagere Frau, deren Haut in großen Falten an den Oberarmen, am Kinn und an den Wangen herabhängt, als wäre sie mehrmals über ihren Körper gestülpt worden, erzählte ihm von Martins Chamäleon Franz.

Ein älterer Mann, dem er einmal im Wald mit einer großen, ausgebeulten Plastiktüte aus dem Supermarkt an der Schnellstraße begegnet ist, sagte, dass die Vögel, die der Bürgermeister in seinem Garten füttert, jetzt auch seine Terrasse vollscheißen und dass er das nicht einsieht; er legte Merih eine Rechnung hin und ging.

Ein Paar mittleren Alters nahm ein Informationsblatt mit.

Wenisch brachte ihm eine Glasflasche mit hohem, schmalen Hals, in die ein rotbrauner Schnaps gefüllt ist, der nach Tannenzapfen und Kräutern riecht.

»Vom Vorjahr, der neue ist bald fertig«, sagte Wenisch.

Der Chef sei auf Kur gefahren, hat die Sekretärin ihm gesagt, als er nach ihm fragte, nach ihm und dem Problem mit den Vögeln, während sie weiter vor dem Internetrouter im Büro im Gemeindeamt kniete und abwechselnd den Einschaltknopf drückte und den Stecker herauszog. Viel schlimmer sei, dass das Internet nicht mehr funktioniere, sagte sie.

»Und jetzt ist Martin weg, und ich weiß nicht, wen ich anrufen soll«, sagte sie.

Ob er sich mit den Kabeln auskenne?

Abends tippt Merih seine Notizen auf dem Laptop ab. Er denkt an seine Wohnung in der Stadt, den Geruch der kalten, nassen Asche in der Spüle, versucht sich zu erinnern, wie es ist, das Gewicht eines anderen auf sich zu spüren. *Dass er ein uninteressierter und, das sei die Frage, ein uninteressanter Mensch sei.* Damals stand er mit seinem Rucksack in der Tür, wusste nicht, ob er noch bleiben soll, ob man jetzt noch was sagt oder nicht. Jetzt hat er ein Zimmer und ein eigenes Büro. Man hat ihm eine Rolle gegeben: Merih, Regionalmanager.

Sein Chef hat am Telefon nach den Unterschriften für das Landschulheim gefragt. Dass er sich bereits mit der Wirtin gut gestellt habe, antwortete Merih, aber die Unterschriften, sagte sein Chef, das laufe auch, schob Merih hinterher. Der Weg führt weiter durch den Wald, einen Bach entlang. Vor dem nächsten Steilstück bleibt Merih stehen und schaut ins Wasser. *Über Stock und Stein.*

Er rutscht von einem Stein ab, fällt beinahe in den Bach.

Hätte er seinem Chef von diesem Unfall erzählen sollen?

Vom Blintelfest, das fast in einer Schlägerei geendet ist?

Dass es immer noch diese Momente der Unsicherheit gibt, wie auf der Wiese mit Teresa, als er nicht wusste, was er machen sollte, ihre Schulter berührte und im selben Moment dachte, dass es auf keinen Fall diese Berührung sei?

Von dieser Ruhe an einem Freitagabend, wenn man bei offenem Fenster schlafen kann?

Merih folgt den Wegzeichen weiter, noch lang durch den Wald. Er hört einen Specht, bleibt stehen. Er sieht ihn nicht. Als er auf einen Bergrücken kommt und die Bäume weniger werden, ist er bereits mehrere Stunden unterwegs. Er muss die Ebene queren, kann zu beiden Seiten hinunter ins Tal sehen. Er versucht, langsam und gleichmäßig zu gehen, reißt Grashalme ab, nimmt sie ein paar Schritte mit. Auf der anderen Seite der Kuppe geht der Weg in eine steile, baumlose Geröllpiste über, die noch die letzten Höhenmeter zum Gipfel führt. Der Weg quert die ganze Breite des Hangs immer wieder von links nach rechts und von rechts nach links und schraubt sich in Serpentinen langsam höher. Jedes Mal, wenn Merih kurz stehen bleibt und aufsieht, scheint der Abbauberg näher gerückt zu sein, obwohl Merih nur auf dieselbe Höhe steigt, sich dem Berg aber nicht tatsächlich annähert. Ob schon je jemand diese Färbung in der Abendsonne gesehen hat, wenn der Berg an der Ostseite nicht gleich von orange zu rot zu dunkelrot zu schwarz übergeht, sondern kurz im Violetten verharrt? Oder die wie mit einem Schmirgelpapier gleichmäßig aufgeraute Fläche zwischen dem Stausee und der ersten Etage? Bereits dort unten baumloser, sandfarbener Untergrund, wie ein nackt rasierter, weicher Kopf.

Auch hier oben sind keine Pflanzen mehr, außer manchmal ein trockenes, moosartiges Gewächs zwischen den Felsen. Das Geröll, vor allem kleine flache Steine in roten, braunen, grauen, fast blauen Farben, klingt hell, wenn sich ein Stein löst. Merih bleibt stehen und sieht die Wand vor ihm hoch. Er könnte genauso gut auf einem riesengroßen Müllberg stehen. Die bunten Steine sehen aus wie ein Haufen Plastik- und Papierverpackungen, die wild aufeinandergeworfen wurden.

Die letzten Meter bis zum Gipfel verschmälert sich der Weg noch einmal, Merih geht gebückt und stützt sich an den Felsen am Wegrand ab. Als er das Gipfelkreuz erreicht, richtet er sich wieder auf. Er muss sich am Kreuz festhalten. Er steht über den Bergen. Die Luft flimmert, glaubt er kurz, es geht kein Wind. Es ist so ruhig. Nichts bewegt sich. Als hätte er sich all die Zeit vertan, als würde es nur Berge geben auf dieser Welt: Er kann über die Bergspitzen schauen, die sich hinter Bergspitzen türmen, als wollten sie die jeweils vor ihnen liegenden in Höhe und Kargheit übertreffen. Dazwischen sollen Täler sein, auch Dörfer und Städte. Aber hier oben: Er sieht kein einziges Haus.

In der Ferne liegt Schnee auf den Gipfeln. Irgendetwas an dem Panorama rührt ihn. So still sind die Berge, so bescheiden vom Tal aus. Und von hier oben –

Er zündet sich eine Zigarette an, dreht sich einmal herum, eine Hand noch immer am Gipfelkreuz. Er hier oben, er ist der letzte Mensch. Um ihn einzig diese großen, mächtigen Landschaften.

Von hier kann er auf den Abbauberg sehen. Seine Terrassen sehen so aus, als hätte man sie aus zugeschnittenen Sandsteinblöcken gebaut und übereinandergestapelt. Das muss es sein, das Licht hier draußen, von dem man in der Stadt spricht: Die Sonne wird im hellen, glänzenden Stein reflektiert und dann zwischen den Bergen in noch mehr Farben hin- und hergespielt. Wenn später die Sonne die Kuppe des Abbaubergs streift, sieht es so aus, als würde ein Schweißgerät die Kante entlangfahren und Funken sprühen. Goldgelb strahlen die Umrisse des Berges, der Schatten rückt immer höher. Bald wird die Sonne hinter dem Berg verschwinden, dann wird er schwarz sein.

Ob Martin noch einmal gesehen hat, wie die Sonne über dem Ort untergeht?

Der Gurt muss Martin die ganze Nacht in den Hals geschnitten haben. Wie er in seinem Auto sitzt, das auf dem Kopf steht. Wie der Airbag sich seitlich in sein Gesicht drückt. Der Polyesterstoff seiner dunkelblauen Trainingsjacke hat sich mit Blut vollgesogen. Gerade noch war er ein ganzer Mensch, der denkt, der sich bewegt, jetzt sind seine Arme an mehreren Stellen gebrochen, überall offene Wunden, Knochen, die hervorstehen.

Die Spuren sind vom Regen und vom Wind, der dort oben deutlich stärker weht und den Berg noch glatter föhnt, verwischt worden, hat Wenisch erzählt. Davor seien es zwei Reifenspuren gewesen, die mit immer gleichem Druck eine Gerade zeichneten. Martin muss im Dunkeln die Kurve übersehen haben, sagte Wenisch. Er muss die Kurve auch zu schnell genommen haben, im Dunkeln sieht man mit Fernlicht nicht so weit.

Merih setzt sich auf einen Stein. Ihm wird schlecht von der Zigarette. Obwohl die Sonne bereits untergeht, ist es noch immer zu heiß, um zu rauchen. Die Stapelhaftigkeit der Etagen, die scheinbar lose liegenden Felsen, wie gemeißelte Skulpturen: Der Abbauberg hat etwas ganz und gar Unnatürliches. Als wäre er vor langer Zeit in diesem Tal abgestellt worden und hätte sich in all den Jahren nie an die Gebirgslandschaft anpassen können. Seitdem arrangiert er sich unauffällig mit diesen orangeroten Sonnenuntergängen, damit nicht auffällt, dass er eigentlich nur aus Geröll besteht. Nur Sand, Steine, Felsbrocken.

Merih wirft seine Zigarette in einen Spalt zwischen den Steinen, dort verschwindet sie sofort. Nur Geröll, denkt er noch einmal. Nichts haben die Berge von ihrem angeblich urzeitlichen, festen Charakter. Jederzeit können sie sich in ihre Bestandteile auflösen und ihn, Merih, den einzigen Menschen, unter sich begraben.

(1067,0)

TERESA

Esther steht in der Mitte des Raumes. Sie hat keinen Schlafanzug mehr an, fällt Teresa sofort auf. Sie trägt Jeans. Die Vorhänge sind zugezogen, nur die Schreibtischlampe ist an. Vor ihr auf dem Boden steht eine Reisetasche.

Esther sagt lange nichts. Dann zuckt sie mit den Schultern.

»Ja«, sagt Esther. »Was soll's. Ich hau ab.«

(1082,5)

SUSA

Seit auf den Flugblättern steht, dass es den Ortskern wiederzubeleben gelte, wartet Susa nicht mehr auf Montag, wenn die Müllabfuhr kommt, sondern stellt die großen Müllsäcke vors *ESPRESSO,* sobald sie voll sind. Sie knotet die Säcke nicht zu, und wenn der Wind kommt, wehen gebrauchte Servietten und manchmal Hühnerknochen und feine Glassplitter zusammen mit den Flyern des Regionalmanagers durch den Ort. Wenn sie abends an der Tür steht und auf den Platz schaut, sieht er jetzt nicht mehr so verlassen aus.

Susa setzt sich auf die Stufe vor dem Eingang. Sie zieht ihre Hausschlappen aus und krümmt die Zehen. Sie kann den Regionalmanager von hier in seinem Büro sitzen sehen. Eine Metalldose bewegt sich klappernd über den Pflasterstein.

Der Regionalmanager schaut auf, sieht sie und winkt ihr zu. Susa schaut weg, auf den Platz. Zündet sich eine Zigarette an, streckt ihre Füße aus. Der Regionalmanager wird richtig dumm sterben, stellt sich Susa vor. Ihm wird der Föhn ins Badewasser fallen oder er wird die Hand in den Toaster stecken oder er wird von einer Drehtür zerquetscht, weil er zu langsam durchgeht, in irgendeinem Kaufhaus der Stadt, am helllichten Tag, die Leute treten einen Schritt zurück und schauen zu.

Susa wirft ihre Zigarette weg, bevor sie sie fertig geraucht hat, zieht eine der Schlappen wieder an und drückt den Stummel mit ihrer Schuhsohle fest in den Boden. Dann zündet sie sich noch eine an. Es ist doch immer alles in Ordnung gewesen. Vor allem, bevor der gekommen ist. Die Leute können von ihrer Rente leben, sie können Lebensmittel einkaufen und Bier trinken. Wenn es mehr Geschäfte oder Lokale gäbe, würden sie nur Geld ausgeben, das sie nicht haben. Wenn sie keine anderen Menschen sehen wollen, bleiben sie zu Hause, wenn sie reden wollen, kommen sie ins *ESPRESSO*. Sie haben Kinder und Enkel, die ihnen von ihren Reisen erzählen, ohne dass sie selbst wegfahren müssen. Sie müssen sich nicht für Politik interessieren, weil wenn irgendwo was Schlimmes passiert, dann passiert das immer sehr weit weg von hier.

Susa ist es, die für diese Ordnung sorgt. Sie achtet darauf, dass für die Feiertage ein Pfarrer aus dem Nachbarort kommt und die Messen abhält. Sie sagt dem Bürgermeister, ob er sich eher für eine Investition in die Busverbindung oder in den Asphalt der Schnellstraße einsetzen soll, sagt den Ortsbewohnern, wann das Wetter umschlägt und wann der Sommer kommt, dass sie in diesem Winter noch nicht wegsterben sollen, sie sagt ihnen, wen sie bei den Wahlen ankreuzen und dass sie trotzdem nicht betrunken

Auto fahren sollen. Ohne sie würde es keine Bar im Ort geben und vielleicht auch den ganzen Ort nicht mehr.

Susa steht auf. Sie spuckt auf ihren Pulloverärmel, wischt damit über die Fensterbänke. Diese Leute, die irgendwem aus der Stadt nach dem Mund reden und dann ins Ortszentrum ziehen, will sie nicht als Kunden haben. Und sie will auch nicht, dass die jeden Tag zur Arbeit in den Nachbarort aufbrechen und abends hierher zurückkehren, am Wochenende hier, vor Susas Haustür, ihre Autos waschen und ihre Kinder vor die Tür schicken, die dann wie der kleine Patz aus der Hausmüller-Siedlung am Brunnen stehen und ihre Hände im Wasser kühlen, weil sie nichts Besseres mit sich anzufangen wissen, und sie will auch nicht, dass gleichzeitig das Landschulheim in die Siedlungen kommt und Leute an den kleinen Tischen im *ESPRESSO* sitzen und abends Bier trinken. Stadtkinder werden Spezi bestellen und kein Trinkgeld geben. Wenn sich was verändert, kann es sich genauso zum Guten wie zum Schlechten wenden, ganz schnell geht das. Gerade ist doch alles in Ordnung.

Susa holt aus der Küche ein altes Geschirrtuch und putzt die Fenster von außen. Wenn sie an ihre Kindheit denkt, hat sie keine Erinnerungen mehr an einzelne Tage. Ihre Kindheit ist ein großer, langer Sommer, in dem sie ihre Nachmittage damit verbrachte, Lager zu bauen und zu tarnen und die Lager der anderen Kinder zu entdecken, zu erobern und zu zerstören. Nur an diese eine Nacht, nach einem Volleyballturnier in der Stadt, muss sie manchmal denken. Es stank nach Kohl und Schweiß im Bus auf dem Weg nach Hause, und abends konnte Susa nicht einschlafen. Sie dachte an die anderen Kinder, die Stadtkinder, und wie sie mit der Straßenbahn ins Kino fuhren und nachts im Bett noch die Züge hörten, wie sie sich im Kaufhaus neue Schuhe kauften, wie sie ihre Austauschschüler aus Frankreich vom Bahnhof abholten. Ihr Onkel hatte ihr für die Zeit nach der Schule eine Lehrstelle als Goldschmiedin in der Stadt aufgetan. Susa lag wach und versuchte sich vorzustellen, dass auch sie jetzt ins Kino gehen oder im Bett die Züge hören, dass sie sich jederzeit im Kaufhaus durch die Schuhabteilung probieren könnte. Sie wälzte sich hin und her im Bett. Dann schlich sie nach draußen und stieg auf ihr Fahrrad, die Schnellstraße entlang in Richtung Stadt. Sie blieb auf der Erhebung stehen, ab welcher die Straße nicht mehr in Serpentinen über die Hügel führt, sondern in ewigen Geraden hoch- und runtergeht. Während sie in einer Ausbuchtung ihr Fahrrad auf den Boden legte und die Hügel anstarrte, versuchte sie sich vorzustellen, an einem Ort zu sein, wo es diese Straße, diese Hügel nicht gab, wo es die Familie nicht gab, wo sie tatsächlich ganz allein wäre, wo sie noch nicht wüsste, wer sie war.

Susa dreht das Geschirrtuch noch einmal um, wischt die Scheiben trocken, dann geht sie wieder hinein. Was ist daran so schlimm, wenn der Ort herunterkommt? Er ist ja immer noch da. Sie holt eine Flasche Gschrei vom Regal, nimmt einen Schluck und fühlt sofort, wie er ihr warm hinuntergeht.

Sie hat sich gegen die Veränderung entschieden und ist auch immer noch da. Sie atmet tief durch, dann macht sie die Küchentür wieder auf. Niemand sitzt im Gastraum. Wenn sie sich vorstellt, dass der Regionalmanager nicht da ist oder dass er überhaupt gar nicht existiert, dann gibt es ihn auch nicht. Sie öffnet noch einmal die Tür nach draußen. Vor ihr der Hauptplatz, wie immer. Über den Platz flattert eine Plastikfolie. Sieht aus wie ein Vogel.

(1101,6)

WENISCH

Abb. 128: Reißzünder. Nüssel-Hellmann Typ dh DT2. Papp-hülse (a), Haltevorrichtung (b), Zündhütchen (c), Draht (d). Brenndauer: 6-10 s/m (Kurt-Fuchs-Grube 1967-1982).

(1120,4)

TERESA

»Wir brauchen einen Plan«, sagt Teresa.

Patz füllt in der Küche den Kübel wieder mit Wasser, aber Teresa steht auf, nimmt ihn ihm aus der Hand und kippt ihn aus, einfach auf den Boden.

»Gleichgewichte herstellen«, sagt sie.

Patz schaut auf den Fleck, der sich auf dem ausgeblichenen Teppichboden gleichmäßig zu allen Seiten ausbreitet.

»Das trocknet«, sagt Teresa. Sie lässt sich auf das Sofa fallen. Patz setzt sich daneben und starrt an die Wand vor ihnen, dort wo einmal der Fernseher gestanden haben muss.

»Esther ist jetzt weg, oder was?«, fragt er.

Teresa nickt.

»Sie muss zurückkommen«, sagt sie.

Patz hält sich die flache Hand vors Gesicht, riecht daran.

»Ein Plan«, sagt Patz.

Teresa nickt.

Patz nickt.

Seit heute Mittag bereits sitzen sie im Revier, machen Klopapierkugeln nass und werfen sie an die Decke. Wer es schafft, dass sie oben kleben bleiben, gewinnt, wer andere Kugeln runterschießt, gewinnt doppelt. Früher hat Teresa mit Esther oft ganze Tage in der leerstehenden Wohnung verbracht. Sie haben ungenießbare Nuss-Erde-Suppen in alten Töpfen angerührt, mit Kreide an die Wände gemalt und sich vorgestellt, wie es wäre, wenn sie aus der Wohnung treten würden und dort wären Menschen, die sie nicht kennen. Auf einmal eine Stadt vor der Tür mit großen Plakatwänden, Dachterrassen und Frauen und Männern in Hosenanzügen. Sie ist schon lang nicht mehr hier gewesen. Als sie mit Patz die Wohnung betrat, fiel ihr gleich der Geruch nach Staub und abgestandener Luft wieder ein. Auf der Fensterbank stehen noch immer die Joghurtbecher, aus denen es blau-weiße weiche Pilzblumen schimmelt. Die früheren Besitzer hatten ein Sofa, einen Luftentfeuchter und einen Haufen alter *Frau im Bild*-Zeitschriften in der Wohnung gelassen. Teresa und Esther rissen die Bretter heraus, mit denen die Küchentür zugenagelt war, und fanden unter der Spüle eine Ameisenstraße und alte Sirupflaschen. Die anderen Kinder, mit denen sie sich die leerstehenden Wohnungen im Ort aufgeteilt hatten, hatten oft nicht so viel Glück. Bei vielen ist die Küche bereits ganz ausgeräumt gewesen.

Heute steht die Luft im Tal, als gäbe es kein Wetter mehr. Die Gewitter ziehen hinter dem Berg vorbei. Man sieht sie hell aufblitzen, aber passieren tun sie woanders. Nur am Abend zieht manchmal ein Wind durch den Ort, wie der Durchzug zwischen zwei offenen Fenstern. Wie früher: Draußen vergeht ein Nachmittag, im Revier bleibt die

Zeit stehen. Aber Teresa kann sich nicht konzentrieren. Sie hat heute keine Geduld für Patz, wenn er ihr erklärt, dass seine Mutter nur fünfzehn Minuten mit dem Auto bis zum Supermarkt an der Schnellstraße braucht, obwohl Teresa doch weiß, dass es zwanzig sind, wenn man die Serpentinen den Hügel hinauf und dann hinunter ins nächste Tal schnell nimmt. Langsam fünfundzwanzig. Seit sie denken kann, orientiert sie sich an der Strecke zum Supermarkt, wenn sie wissen will, wie weit etwas entfernt ist. In die Stadt braucht man viermal so lang wie bis zum Supermarkt. Bis in den Nachbarort ist es eineinhalbmal die Strecke. Weil seine Mutter schneller ist als alle anderen, gehe sie eben auch öfter einkaufen, sagt Patz.

»Oder umgekehrt: Sie ist so schnell, weil sie so oft einkaufen geht«, sagt Patz. Deshalb habe er schon wieder eine neue Packung Gummi-Kirschen mit. Und wenn Teresa wolle, könne er nächstes Mal auch Klopfer mitnehmen, diese kleinen Likörflaschen in verschiedenen Geschmackssorten, wo man sich beim Trinken den Stöpsel auf die Nase steckt.

Teresa antwortet nicht. Sie zeigt in die Ecken des Wohnzimmers.

»Das ist Schimmel«, sagt sie. »Die Wohnung frisst sich auf. Schimmel in der Wohnung ist noch ungesünder als rauchen, das greift die Nerven an. Davon wird man blöd.«

Sie atmet tief ein.

»Das lagert sich in der Lunge ab, und dann schimmelt man von innen«, sagt sie.

»Wir brauchen einen Plan«, sagt sie.

Wenn Teresa Patz in die Augen schaut, dann richtet er sich auf einmal auf und zupft an seinem T-Shirt. Er steht auf, holt noch einmal Wasser. Sie macht ein Stück Klopapier nass, schießt es an die Decke, es hält. Sie schiebt ihm Kübel und Klopapierrolle zu.

»Du bist dran«, sagt sie.

Eigentlich hat Teresa viel zu tun. Jetzt gerade zum Beispiel müsste sie im Laden sein. Sie hat ihrer Mutter versprochen, im Sommer auszuhelfen. Die neuen Lieferungen in die Regale einsortieren, die Bestände überprüfen, Preiszettel auf Dosen kleben. Und sie muss Franz füttern. Martins Mutter hat sie darum gebeten. Sie selbst wolle das Chamäleon nicht anfassen, sagte sie. Aber Teresa möge doch Tiere?

Sie lehnt sich im Sofa zurück, sieht zu, wie Patz eine Papierkugel gegen die Decke wirft, sie aber wieder zu Boden fällt. So viele Jahre haben Esther und sie sich darum gestritten, wem die Nagellack-Sammlung gehört, und jetzt hat sie sie einfach dagelassen. Sie muss zurückkommen. Das Gleichgewicht wiederherstellen.

Bevor sie Merih das Revier zeigt, wird sie hier noch aufräumen müssen. In der Stadt soll man ihr die Berge und das Warten auf den Nachmittagsbus nicht ansehen. Auch nicht das Schießen von nassen Papierkugeln an die Decke. Merih soll nicht sehen, wie sie hier wie Kinder spielen, schon den ganzen Sommer lang, seit dem Beginn der Ferien. Die wieder runtergefallenen Klopapierkugeln auf dem Sofa, das Esther und sie mit dem Staubsauger abgesaugt und mit Laken frisch bezogen haben, sehen aus wie faustgroße Schimmelflecken. Teresa kämmt sich nasses Klopapier aus den Haaren. Patz' Klopapierkugel fällt auf die Pilzblume im Joghurtbecher und der Becher vom Fensterbrett auf den Boden. Eine Flüssigkeit tropft raus. Teresa kreischt auf, dann lacht sie.

»Patzzzzz«, macht sie. »Patzzzzz.«

»Ja«, sagt Patz.

»Dein Name, der klingt auch so, als würde was tropfen«, sagt sie, »Patzzz-z-z.«

Ob Esther gerade in ihrer Stadtwohnung mit dem glänzenden Parkettboden sitzt, die Straßenbahnen vor der Tür? Teresa wirft eine Klopapierkugel so fest an die Decke, dass sie gleich wieder runterfällt, zurück in den Wasserkübel.

»Wir brauchen einen Plan«, sagt sie.

»Wenn man ganz normale Steine, die man im Wald findet, lang genug in den Händen hin- und herreibt, dann bekommen sie eine ganz glatte und glänzende Oberfläche. Das heißt doch, dass man normale Steine zu Diamanten schleifen kann«, sagt Patz.

»Patz!«

»Ja?«

»Wir können wieder Tapeten abreißen«, sagt Patz.

»Wir können den Rasenmäher von meinem Papa umdrehen, den Tankdeckel aufschrauben und dann das ganze Benzin auf ein Geschirrtuch tropfen lassen«, sagt er. »Ich hab einmal einen Finger in den Tank getaucht, und noch Wochen danach konnte ich, wenn ich mit dem Daumen die Haut am Zeigefinger zurückgeschoben und unter den Nagel hineingerochen habe, Benzin riechen.«

Er macht die Bewegung vor.

»Häuser können brennen«, sagt er.

»Glaubst du, Martins Auto hat gebrannt«, fragt er.

»Ich hab letztens einen Film gesehen, da ist das Auto über einen Abhang runter, gegen einen Baum, auf dem Dach liegen geblieben, dann hat es zu brennen begonnen.«

»Geknallt hat es kurz«, sagt er, »eine Mini-Explosion.«

Teresa schüttelt den Kopf. Sie will vom Sofa aufstehen, Patz hält sie zurück.

»Sie ist einfach abgehauen? Nur mit einer Reisetasche?«, fragt er.

Teresa zuckt mit den Schultern.

»Hm«, macht Patz.

»Wir können ihr einen Brief schicken, so tun, als wären wir Martin und gar nicht gestorben, dann kommt sie wieder«, sagt er.

»Wir können sagen, deine Mutter hat Krebs und wird sterben«, sagt er.

»Oder sie ist schon gestorben.«

»Wir können sie erpressen, wir können sagen, wir haben Informationen, die sie betreffen«, sagt er.

»Was für Informationen«, fragt Teresa.

»Das ist egal.«

»Das ist nicht egal«, sagt Teresa.

»Oder wir entführen sie! Wir passen sie nach ihrer Arbeit ab, wenn sie gerade die Türen abschließt, dann packen wir sie, Sack über den Kopf, fesseln sie mit Kabelbindern«, sagt er.

»Beide deine Eltern sind gestorben. Oder du wirst sterben. So was.«

»Patzzz-z-z –«

Patz lehnt sich erschöpft zurück. Teresa sieht ihn von der Seite an. Ob er verstanden hat, dass die Gleichgewichtstheorie bedeutet, dass sie gehen wird, wenn Esther wieder da ist? Eigentlich wollte sie ihm heute von Merih erzählen. Aber jetzt ist nicht der richtige Moment, auch nicht vorhin am Brunnen, nicht als sie im Wald nach Pilzen suchten oder all die letzten Tage, die sie im Revier verbracht haben.

»Wir sollten sie auf alle Fälle fesseln«, sagt Patz. »Vielleicht hier im Revier, und dann warten, dass die Kakerlaken kommen.«

»Patz!«

Er richtet sich auf, ganz nervös ist er jetzt. Er zupft wieder an seinem T-Shirt. Er sagt:

»Und wir sollten schauen, ob sie aus ihren Augen bluten kann. Weil wenn ja, dann ist ihr Herz bereits blutleer, dann ist schon alles verloren.«

Das, was Erde war, muss einmal Wasser gewesen sein, so wie der Himmel aus der Hölle und der Berg aus dem Tal hervorgestiegen war. Denn als das Schießpulver den Stein in Staub legte, schoss Wasser aus dem Berg. Siderit und Mangan lagen nun offen da, in den feuchten und warmen Höhlen hingen die Eisenblüten, wie weiße Korallen mit ihren vielen dünnen Armen und Verzweigungen, hier und da vom Kupfer blaugrau gefärbt.

(1141,0)

WENISCH

Wenisch muss vergessen haben, von den Hauspantoffeln
in die festen Schuhe zu wechseln. Wenisch hat viel vergessen in den letzten Tagen. Er hat Samstagvormittag
vergessen, fürs Wochenende einzukaufen und am Sonntag
vergessen, *Sport am Sonntag* zu schauen. Er hat die Waschmaschine eingeschaltet, aber die Wäsche dann nicht auf-
gehängt, sodass er die weißen Laken erst eine Woche später aus der Waschmaschine geholt hat. Sie stanken wie
Trinkflaschen, die man einmal nass zugeschraubt hat und
erst nach langer Zeit wieder aufmacht.

»Man liest ja die Zeitung«, hat seine Tochter gesagt.

Wenn er auf seinem Sofasessel sitzt, kann er auf den Innenhof mit dem Kinderspielplatz schauen. Dahinter sieht
er die andere Seite der Siedlung, noch weiter dahinter die
Berge. Hier gibt es keine dreckigen, lauten Straßen, keine
1-Euro-Shops und schäbigen 24-Stunden-Kneipen. Auch
keine Leute, die auf der Straße sitzen. Hier ist alles so, wie
es sein soll.

»Ohne Diskussion«, betonte sie.

Sie hat einfach Nein gesagt.

»Du denkst nur an dich«, sagte sie.

»Du denkst nur an dich«, antwortete er ihr und legte auf. Dann rief er noch einmal an, ließ es ein paarmal läuten und legte wieder auf.

Die Betonstufen in den Keller waren glatt und feucht. Wenisch trug eine Bierkiste mit leeren Flaschen, die er in den Keller räumen wollte. Er hatte gerade erst das Kellerlicht angemacht, da rutschte er aus. Rutschte einfach bei einem Schritt auf die nächste Stufe weg, konnte sich nicht mehr halten, rutschte auf dem Rücken die Stufen hinunter und blieb erst liegen, als die Füße schon den Kellerboden berührten. Der Oberkörper noch auf den letzten Stufen.

Als Allererstes dachte er an seine Tochter. Dass ihr das recht geschehe, dass das jetzt passiert.

Erst dann kam der Schmerz. Anfangs nur ein Ziehen und Stechen im Brustkorb. Dann ein Brennen, als würde irgendetwas in ihm ganz heiß werden. Er richtete sich auf. Ihm wurde schwindelig. Es fühlte sich an, als würden seine Organe verbrennen, als wären bald nur noch schwarze, glühende Kohlestücke übrig.

Wenischs Haut, die von den Kortisontabletten ganz dünn und rissig war, hatte sich in großen Fetzen vom Unterschenkel bis zum Knie hochgeschoben. Er wollte nach jemandem rufen, er riss den Mund auf, aber seine Stimme war nur ganz leise. Er war ganz ruhig. Der Schmerz war warm.

Warum sollte man sich Sorgen machen, wenn man es so schön warm hatte?

Man würde ihn erst sehr spät finden, dachte er sich. Dann würde es vielleicht schon stinken. Wie die nassen Laken in der Waschmaschine.

Als er sich die Stiegen hochzog, breitete sich der Schmerz in seinem Körper aus, als würde die glühende Kohle jetzt auseinanderbröseln und durch seinen Körper purzeln. Er stützte sich so fest an der Kommode im Vorzimmer ab, dass sie umfiel. Als die Rettung kam, lag er inmitten seiner Zirbenzapfen auf dem kleinen Teppich vor der Tür, so erzählte es ihm die Krankenschwester später.

Als seine Tochter läutet, schaut Wenisch noch immer aus dem Wohnzimmerfenster auf den Innenhof. Es gibt wenige Positionen, in denen er gut sitzen oder stehen kann. Die Bandage hat er abgelegt.

»Jetzt schau doch normal«, sagt sie, »siehst ja aus, als wärst du gelähmt, wenn du so dreinschaust.«

»Hallo Mitzi«, sagt Wenisch.

Sie umarmt ihn vorsichtig.

»Sag doch Marie, bitte, Papa«, sagt sie, »ich bin keine Mitzi.«

Sie geht in die Küche, setzt Kaffee auf und schneidet das Stück Himbeerroulade, das sie mitgebracht hat, in zwei Hälften. Wenisch stellt sich vor: wie sie gerade von der Arbeit nach Hause kommt. Das Kind ist schon da, er hat den Nachmittag darauf aufgepasst. Wenn er nach links oben schaut, tut es ihm am wenigsten weh. Dann kann er gut atmen. Der Fernseher über dem Durchgang zur Toilette im *ESPRESSO* ist deshalb genau richtig positioniert. Bald wird er wieder zu Susa gehen.

Er stellt sich vor, nicht allein mit den Geräuschen des Hauses zu sein, sondern dass es, wie jetzt, ein Räumen in der Küche gibt, vielleicht das Brummen einer Rennbahn im Kinderzimmer, das leise Tappen einer Computertastatur.

Seine Tochter kommt mit zwei Tellern ins Wohnzimmer.

Auf seinem Teller eigelber Biskuitteig, dazwischen eine rosafarbene Creme mit Himbeerstücken.

Die andere Hälfte der Roulade liegt wie immer auf dem Teller seiner Tochter. Sie setzt sich ihm gegenüber auf das Sofa.

Wenisch schaut ihr zu, wie sie ein Stück Roulade auf die Gabel schiebt und isst.

Ob sie sich jetzt die Haare färbt?

Warum hat sie seinen Enkel nicht mitgebracht?

Noch immer streicht sie sich mit dem Zeigefinger die Augenbrauen entlang, wenn sie redet.

»Da muss man sich also erst drei Rippen brechen, damit du mal kommst«, sagt Wenisch.

Aus dem Augenwinkel kann Wenisch sehen, wie sie sich zum Tisch beugt. Er hört nur, wie sie den Teller abstellt.

»Zwei, hat der Arzt gesagt«, sagt sie.

Wenisch glaubt jetzt genau den Ansatz sehen zu können: dass es da am Scheitel einen Streifen Haare gibt, der dunkler ist als der untere Teil. Ob sie wirklich jetzt schon graue Haare bekommt?

»Warum die Autobahn noch immer nur bis Karlsdorf geht«, sagt sie, »das verstehe ich nicht, die Schnellstraße ist schrecklich, ständig sind Unfälle an der einen Kurve, dort, wo das Puff ist. Das nervt so ohne Autobahn. Immer steht man im Stau und muss sich dieses widerliche Haus anschauen und die widerlichen Typen davor.«

»Das ist ja kein Zustand«, sagt sie.

Wenisch merkt, dass er keine Brille aufhat und dafür aber erstaunlich gut sieht: Er sieht den Stapel Werbeeinwürfe, der auf der Kommode liegt. Er sieht den rot leuchtenden Einschaltknopf des Fernsehers. Er sieht, wie seine Tochter mit dem Zeigefinger der linken Hand das Blumenmuster des Samt-Fauteuils nachfährt.

Dass die eine Hälfte der Roulade auf seinem Teller ist und die andere auf ihrem, das ist wie immer.

Sie sieht auf, nimmt den Teller wieder zu sich auf den Schoß.

»Wie machen wir das denn jetzt? Mit dem Essen und dem Wäschewaschen und allem«, sagt sie.

»Ich kann auch nicht oft kommen, das ist zu weit, das geht nicht. Vor allem mit der Strecke ab Karlsdorf dann«, sagt sie.

Wenisch sagt nichts. Als er schluckt, fühlt es sich so an, als hätte er schon lange nichts mehr gegessen.

Dann erzählt er von dem Skirennen, das er gerade im Fernsehen gesehen hat: Ein Skifahrer hat ein Tor mitgerissen, das sich in seinem Trikot am Rücken verhakt hat, und ist trotzdem noch Dritter geworden.

»Das muss eine Wiederholung sein«, sagt seine Tochter.

»Wieso«, fragt er.

Seine Tochter springt auf, geht in die Küche und holt den Kaffee. Später wäscht sie ab. Wenisch hört, wie sie in der Küche und im Badezimmer irgendwas herumräumt. Sie kommt mit einem Stapel Bettwäsche zurück und schaltet Musik ein. Sie bleibt hinter ihm stehen und legt von hinten eine Hand auf seine Schulter. Kurz schauen beide durch das Fenster nach draußen.

»Das ist wirklich blöd mit der Autobahn«, sagt sie.

Dann geht sie wieder, und Wenisch schaut weiter nach draußen. Es ist Sommer, fällt ihm auf.

Auf einmal läutet es. Wenisch stützt sich auf der Armlehne des Sofasessels ab, nimmt seinen Stock und geht zur Tür.

Seine Tochter steht schon an der Tür und dreht sich zu ihm um. Draußen sieht er den Regionalmanager stehen. Der lächelt und nickt ihm zu.

Seine Tochter schüttelt den Kopf.

»Dass du noch immer erzählst, dass ich Künstlerin bin«, sagt sie.

(1163,3)

TERESA

In Martins Zimmer riecht es noch immer nach frisch gestrichenen Wänden. An der Wand steht ein großer Holz-
kasten mit Löchern an der Seite, an der Vorderseite eine
Schiebetür aus Glas. Drinnen Erde, braune Blätter am
Boden, Äste bis obenhin, manche mit Schnüren zusam-
mengebunden. An der Glaswand sind Kalkspuren in
Tropfenform. Teresa spürt die Wärme der Lampe aus dem
Terrarium, auch durch die geschlossene Tür. In der linken
hinteren Ecke liegt Franz. Er ist klein und blass-schwarz,
fast grau. Ganz vertrocknet sieht er aus.

Sie berührt ihn mit dem Zeigefinger, zieht die Hand
schnell wieder zurück.

Lang hört sie ins Haus hinein. Niemand zu Hause. Dann
reißt sie aus der Zeitschrift von Martins Nachttisch ein
paar Seiten aus, drapiert sie auf dem Schreibtisch. Mit
dem langen Holzlineal schiebt sie Franz an den vorderen
Rand des Terrariums auf ein Geodreieck und balanciert
ihn vorsichtig zum Tisch. Anfangs faltet sie das Papier
noch vorsichtig darüber, dann zieht sie die Seiten enger
zusammen. Noch einmal hält sie inne, hört. Sie legt das

Paket wieder auf das Geodreieck und trägt es die Treppe hinunter zur Bio-Mülltonne vor dem Haus. Die Tonne ist voll mit Unkraut und Erde, sie wirft Franz hinein. Es macht gar kein Geräusch.

(1186,9)

MERIH

Merih fächelt mit einem nassen, kalten Handtuch zuerst
Luft vom offenen Fenster ins Zimmer und geht dann,
das Handtuch über seinen Kopf schwingend, Runden
im Raum. Susa hat ihm gesagt, er sollte das Fenster in
der Dachschräge unbedingt geschlossen lassen, ansonsten
würde es noch heißer werden, aber er hat es nicht ausge-
halten. Er bindet sich das Handtuch um den Kopf und
setzt sich an den Tisch.

Das Fest steht und fällt mit mir. Das sagt sich Merih immer
wieder, wenn er müde wird. Wenn das Geld nicht reiche,
solle er bei dieser Renovierungsaktion im Museum ein-
sparen, hat sein Chef zu ihm gesagt. Für alle Projektab-
schlussfeste sei die gleiche Summe einkalkuliert und diese
bereits sehr großzügig, Extras seien nicht vorgesehen. Merih wollte Wenisch um Rat fragen, welche Band er für das
Fest buchen soll, deshalb hat er ihn zu Hause besucht. Er
wollte ihm auch erzählen, dass der Bürgermeister wieder
da ist. Dass er aber immer die Tür zu seinem Büro zusperrt
und sein Telefon auf lautlos schaltet. Dass Merih gemeinsam mit einem älteren Ehepaar und einer Familie mit zwei
Kindern die ersten Projektanträge *(Inhalt/ Bedarf/Nutzen/*

Wirkungen/Alternativen/Kosten) ausgefüllt und abgegeben hat. Dass sich auch die Unterschriftenliste für die Umnutzung der leeren Siedlungen als Landschulheim langsam füllt. Bei Susa läuft seit ein paar Tagen ununterbrochen ein Fahrradrennen im Fernseher, und Susa schaltet nicht um. *Projekte der integrierten ländlichen Entwicklung sind erfolgreich, wenn die demografische Entwicklung bereits in der Planungsphase berücksichtigt wird.*

CLICK IF YOU LIKE PIZZA

Das stand auf der letzten Plakatwand vor dem Ort, auf der Taxifahrt hierher.

CLICK IF YOU LIKE PIZZA

Danach nur noch grüne Hügel und Bäume auf beiden Seiten der Straße, irgendwann die letzte Kuppe, die letzten Kurven hinunter ins Tal. Dann der Ort, wie er sich ins Tal quetscht.

Ob Wenischs Tochter auch den Zug bis in den Nachbarort genommen hat? Die Agentur, in der sie arbeite, vertrete vor allem Sprecher für Fernsehdokumentationen, erzählte sie. Sie selbst sei in der Vermittlung tätig, das heißt, sie schreibt Produktionsfirmen an und schlägt ihnen Stimmen vor, sie organisiert Castingtermine und handelt die Verträge aus, sie sei deshalb alles, nur keine Künstlerin, sagte sie.

Das Fest steht und fällt mit mir. Es ist schwierig, eine Band zu finden, die es allen recht machen kann. Merih klickt sich durch die Websites von Musikgruppen, bleibt bei einem Video hängen: Es zeigt eine Band in einem Shoppingcenter. Es gibt kaum Zuschauer, rund um die Bühne eine große, leere Fläche, an den Seiten die beleuchteten Auslagen der Geschäfte. Die Bühne selbst ist so klein, dass die Musiker ständig aneinanderstoßen und einer schließlich sein Saxophon fallen lässt.

Eine andere Band spielt auf einem Dorfplatz, es regnet in Strömen, und die meiste Zeit ist die Sicht auf die Musiker von bunten Regenschirmen verdeckt. Bei seinem Fest wird gutes Wetter sein. Sein Chef aus der Stadt und die anderen aus dem Büro werden klatschen, vielleicht aufstehen, wenn er seine Rede hält, sie werden das Abendlicht hier draußen bewundern. Wenisch wird in der ersten Reihe sitzen. Daneben Susa, der Bürgermeister, die Sekretärin. Der Junge vom Brunnen wird schon beim Buffet stehen. Mit ihm Teresa.

Merih macht den Laptop zu und legt den Regionalmanagement-Leitfaden darauf. Er raucht aus dem Dachfenster. Noch kann man sich kaum vorstellen, dass es in diesem Ort bald ein großes Fest geben wird, zu dem auch Leute aus der Stadt zu Besuch kommen werden. Im Augenblick ist niemand auf dem Platz zu sehen. Die Ruhe zur Abendessenszeit ist Merih am liebsten: die Vorstellung, dass sich zu dieser Zeit der Ort vom Tag erholt, während die Menschen sich in den Wohnungen auf die Nacht vorbereiten.

Merih löst das Handtuch von seinem Kopf und fächelt wieder Luft vom Fenster in den Raum. Er bewegt sich mit kreisenden Bewegungen wie ein Feuer-Jongleur durch das Zimmer, dann tritt er wieder ans Fenster. Ein Auto hat auf dem Platz geparkt. Es kommt ihm bekannt vor.

Da.

Ein aschblonder Punkt, der am Brunnen lehnt.

Lara ist da.

(1207,4)

SUSA

Susa schaut Bingo beim Fressen vor dem *ESPRESSO*
zu, streichelt ihr über den Rücken, als ein Auto auf dem
Hauptplatz vorfährt. Irgendwoher kennt sie den Wagen.
Die Bremslichter gehen aus, lange nichts, dann gehen die
Türen auf. Auf der Beifahrerseite steigt eine Frau aus, ein
aschblonder Schopf, auf der Fahrerseite einen Moment
später ein Mann in Jeans und Turnschuhen, die Hände
stützt er in die Seiten, als er steht: der Journalist.

Beide sehen zuerst nach oben, auf den Berg. Dann werfen
sie die Autotüren zu.

Als der Mann sich zum *ESPRESSO* umdreht, steht Susa
auf und geht hinein, macht schnell die Tür hinter sich zu.
Mehrmals geht sie zum Fenster in der Gaststube, schiebt
den Vorhang zur Seite und schaut nach draußen: Der
Mann zeigt auf Berge und Häuser und erklärt der Frau
etwas, während sie am Brunnen lehnt. Er steht da wie eine
Schwangere, wie damals: die Hände in den Seiten, die
Fingerspitzen nach unten und das Becken nach vorn geschoben, breitbeinig. Er setzt sich wieder auf den Fahrer-
sitz, die Tür offen, ein Bein draußen, das andere im Auto,

und telefoniert. Die Frau sieht sich immer wieder um, als würde sie jemanden hinter sich vermuten.

»Ist das seine Tochter?«, fragt sie Wenisch, als der sich gerade an die Bar setzt. Er muss sich an der Theke festhalten, um sich auf den Hocker zu hieven.

»Glaubst du, dass das seine Tochter ist?«, wiederholt sie.

Sie zündet sich eine Zigarette an, versucht von hinter der Bar etwas auf dem Hauptplatz zu erkennen.

»Zu jung für die Frau, oder?«, sagt sie, »aber die Tochter, die war damals doch noch so –«

Wenisch hört ihr nicht zu. Susa merkt das. Seit seinem Sturz ist es, als wäre sein Warten auf die Tochter in ein Warten auf etwas Unbestimmtes übergegangen. Er sieht jetzt oft nicht auf den Fernseher, sondern starrt einfach die Wand auf der anderen Seite der Theke an. Sein Bier spritzt Susa mit Sodawasser auf.

»Dass man am Hauptplatz noch immer gratis parken kann. Dass man dort überhaupt parken kann, das ist schon ungeheuerlich«, sagt Susa.

Sie geht in die Küche, kommt mit einem halbvollen Müllsack zurück und stellt ihn hinter der Theke ab. Sie zerdrückt die leeren Plastikflaschen und wirft sie hinein. Sie ordnet die Gläser im Regal über der Theke nach Größe, dann schüttet sie das Abwaschwasser aus, füllt neues nach, gibt Spülmittel hinein. Sie sammelt die Bierdeckel, die verstreut herumliegen, und stapelt sie neben dem alten Reservierungsbuch. Sie ordnet in ihrer Geldtasche die

Scheine nach hinten, wirft die Rechnungen in den Müllsack.

Vielleicht will er wo runterspringen. Beim Wasserfall, am Fels zerschmettern.

Vielleicht will er sich entschuldigen.

Vielleicht will er wandern gehen, links und rechts die Berge hoch.

Vielleicht ist er zufällig am Ort vorbei, auf dem Weg weiter ins Tal hinein, und ist kurz stehen geblieben.

Vielleicht will er sich anschauen, was er mit seinem Artikel angerichtet hat: ob wirklich die Jungen alle weggezogen sind. Ob das Kaufhaus zugemacht hat, ob keine Wanderer oder Fahrradfahrer mehr vorbeikommen, ob es bei Regen in den Straßen nach nassem Staub und Schimmel riecht, weil die Dächer in den alten Häusern undicht sind.

»Vielleicht geht er jagen«, sagt Wenisch.

Susa holt den Wischmopp und wischt über den grauen Plastikboden hinter der Theke. Sie kann nicht wie sonst immer hinter der Bar stehen und gemeinsam mit Wenisch auf den Fernseher schauen. Sie hat nie darüber nachgedacht, dass es den Journalisten irgendwo noch immer gibt. Als der Artikel damals erschien, in dem er schrieb, dass der ausgehöhlte Berg statisch gesehen jetzt schon nicht mehr stehen sollte und dass er auf jeden Fall in zwanzig Jahren nicht mehr stehen wird, war er schon wieder weg und seitdem irgendwie tot für sie. *Am Fels zerschmettert.*

Was macht der hier?

Warum weiß sie davon nichts?

Wie er damals in kleinen, bedächtigen Schlucken von seinem Bier trank und immer sofort den Teller von sich wegschob, als er fertig gegessen hatte. Wie er einmal beim Einbiegen auf den Hauptplatz das Straßenschild mitgenommen hat und danach in seinem grünen Fiat eine große Delle an der Seite war. Die schmalen Schultern, die dünnen, langen Beine, dieser ständig schmunzelnde Mund.

Susa stellt den Mülleimer und ihren Hocker auf die Theke, um den Boden zu wischen, der Hocker fällt gleich wieder herunter.

»Was bist du denn«, sagt Wenisch.

Im Fernsehen, links über dem Durchgang zu den Toiletten, das Wetterpanorama: blauer Himmel, braune Wiesen.

Bingo kommt durch die Katzenklappe in die Gaststube. Sie miaut. Noch gequälter als sonst, kommt es Susa vor. Die Frühjahrsjungen fangen an, allein durch den Ort zu ziehen. Bis in den Wald hinauf gehen die Jungen schon. Bingo kotzt nur noch ihre eigenen Haare aus. Sie streicht um Susas Beine, Susa bückt sich zu ihr. Sie windet ihren Kopf in ihre Hand hinein, drückt sich eng an Susa. Sie streichelt ihren Bauch, der weit durchhängt.

Susa richtet sich wieder auf, mit der Katze am Arm, als die Tür aufgeht. Mehrere Leute reden durcheinander.

Der Journalist ist der Erste. Er lächelt sie an, mit seinem Schmunzelmund. Er trägt ein sportliches, sehr sauberes Hemd und Turnschuhe. Gleich dahinter diese Frau, gleich dahinter Merih. Irgendwas zuckt nervös in seinem Gesicht, wie beim Bürgermeister.

(1224,0)

TERESA

Im Laden räumt Teresa große Brotlaibe aus blauen Plastikkisten in die Auslage. Ihre Mutter ist im Lager hinter der Kassa, ab und zu hört Teresa, wie Kisten gehoben werden, das Rascheln von Papier oder Plastik.

Während sie die Bestände der Bierkisten kontrolliert, fällt ihr die Geschichte von der Hochzeitsreise ihrer Eltern wieder ein. Sie hatten damals ihre Tante in Brasilien besucht, die vor Jahren dorthin gezogen war. Ihre Mutter schwärmte noch jahrelang von den weißen Stränden dort. Von den meterhohen Wasserfällen in der Hochebene des Landes und davon, wie sie auf einem Nebenarm des Amazonas zu entlegenen Dörfern gefahren sind. Jeden Abend tranken sie auf der Terrasse ihrer Schwester Bier aus kleinen braunen Flaschen, und jeden Abend sah ihre Mutter auf die unglaubliche Weite des Flachlandes, bis es dunkel wurde. Als ob man auf ein Meer hinausschaut. Aber als ihre Schwester sie am letzten Abend fragte, ob sie nicht bald wiederkommen möchte, um mit ihr die Farm aufzubauen, 100 Hektar Weidefläche, 120 Rinder, konnte sie nur noch an ihre Wohnung hier denken, an die orange-roten Spiralen des Teppichbodens im Vorzimmer, den ersten

Blick auf den Berg nach dem Aufwachen, um zu sehen, wie das Wetter wird, und an die gedämpfte Abendstimmung, wenn die Männer aus dem Berg nach Hause kommen.

Ob Esther an ihr Revier denkt, an den Ausblick auf die Straße? Teresa geht die Regale entlang. Bisher hat sie nicht gedacht, dass man auch so weggehen kann: Esther hat einfach den Bus genommen. Sie hat ihre Reisetasche geschultert, ist hinunter zur Bushaltestelle gegangen, hat dort noch ein paar Minuten gewartet, dabei öfters auf die Uhr geschaut, ist dann eingestiegen. Keine lange Planung, kein Umzugswagen, kein Abschied. Nur eine Couch bei einer Freundin aus der Grundschule, die schon seit längerem in der Stadt wohnt, hat sie gesagt. Und ihre Mutter hat weiter die Küche aufgeräumt, das Bett zusammengeklappt, die Glühbirnen getauscht, sie hat kein Wort gesagt, und der Vater sitzt wie immer im Garten, schneidet die Thujenhecke.

Teresa zählt die Fertigsuppen und passierten Tomaten, die Schokoladentafeln. In dem Autofach die Plastikflaschen mit Enteiser, Scheibenwischerflüssigkeit und Motoröl. Die gleichmäßige Anordnung der Dosen und Verpackungen in den Regalen und das Suchen und Wiederfinden aller Produkte auf ihrer Liste beruhigt sie irgendwie. Esther ist jetzt weg. Teresa muss ihren Plan anpassen, ein anderes Gleichgewicht finden. Dass man sich nie auf irgendwen verlassen kann, das weiß sie jetzt.

Vor ihrer Abfahrt wird sie noch Martins Mutter anrufen und ihr erzählen, Franz habe auf einmal die Heimchen nicht mehr gegessen, die sie ihm hingehalten hat, und dann habe er sich auf einen der unteren Äste gesetzt, weit weg von der Wärmelampe, und sei langsam grau, dann schwarz geworden, dann gestorben, und Martins Mutter wird diese Geschichte für wahr halten. Danach wird Teresa ihre Pullover einpacken. Einige Bücher. Die *100 GESCHICHTEN ÜBER DIE OPER* und *DAS ERWACHEN DER NATUR*, außerdem mehrere Notenbücher, das Aufgabenheft ihrer Klavierlehrerin, die festen Winterschuhe.

Als sie sich das letzte Mal von zu Hause verabschieden musste, fuhr sie auf ein Musik-Camp an einem See im Süden des Landes. Am Abend vor ihrer Abreise wurde nicht kalt gegessen, sondern ihre Mutter kochte Nudeln und richtete ihr eine Jause für die Fahrt her, Süßigkeiten, Teresa durfte ihre Sachen in den grünen Hartschalenkoffer ihres Vaters packen. Ihre Mutter brachte sie zum Zug in den Nachbarort, dort tranken sie im Bistro Fanta, während sie auf den Zug warteten. Ihre Mutter erzählte ihr wieder von Brasilien, und Teresa dachte daran, dass ihre Mutter die nächsten Wochen allein den Laden aufmachen muss, das heißt, gleichzeitig das Schloss aufschließen und die Rollläden hochschieben, und Teresa wusste, dass man zwei Hände dafür braucht, damit einem die Rollläden nicht auf die Schultern knallen.

Diesmal wird es anders sein. Sie wird es ihren Eltern gemeinsam beim Abendessen sagen. Oder sie schreibt ihnen einen Brief. Vielleicht wird ihre Mutter weinen diesmal, nicht nur ein paar Tränen, vielleicht wird es sie schütteln, vielleicht wird sie aus dem ganzen Körper heraus weinen, von tief drinnen –

Ob sie kurz im Lager helfen könne, ruft ihre Mutter von hinten, beim Aussortieren der bereits abgelaufenen Schnittkäse-Packungen.

»Da hast du ein besseres Auge als ich«, sagt sie. »Augen wie ein Tier hast du. Wie eine Eule.«

Hier hinten im Lager ist es immer kalt und es riecht schon seit langem nach was Vergorenem, aber sie haben bisher noch nicht herausgefunden, was das ist.

»Man hat heute wieder über Martin geredet«, sagt ihre Mutter. Sie steht neben ihr und schaut ihr beim Durchschauen der Ablaufdaten zu.

»Man redet noch immer über diesen Brief, und ob er Esther auch einen geschrieben hat«, sagt sie.

Teresa antwortet nicht. Ihre Mutter wird denken, sie konzentriert sich so auf die Käse-Packungen, dabei muss sie an Patz denken. Ob sie ihm auch einen Brief schreiben soll? Er wird ihr den Kübel mit Wasser und das Klopapier zuschieben und es einfach nicht verstehen. Er wird nichts sagen, auch wenn sie ihre gepackten Sachen aus der Wohnung trägt, wenn er sieht, wie sie mit Merih ins Taxi steigt, sie wird neben Merih auf der Rückbank sitzen, und dann wird Patz sich wieder an den Brunnen stellen und auf sie warten. Es ist gut, dass es solche Menschen wie Patz gibt, die nie über den Ort hinausdenken. Nur deshalb können so Menschen wie sie weggehen. Schließlich muss das immer im Gleichgewicht sein. Die, die weggehen, und die, die bleiben.

»Der ist ja erst letzte Woche abgelaufen, den kann man noch nehmen«, sagt ihre Mutter und nimmt Teresa eine Packung Käse wieder aus der Hand, legt sie auf den anderen Stapel. Vielleicht kann Teresa auf Patz zählen. Wenn Patz immer bleibt, wenn es ihn noch immer gibt, der aufs Revier schaut, und wenn man ihn weiter ständig am Hauptplatz sieht, dann fällt gar nicht auf, dass sie weg ist.

Sie stapelt die Packungen für den Laden ordentlich nebeneinander, die anderen wirft sie in einen großen schwarzen Müllsack, den die Mutter ihr hinhält. Sie hat ihre Mutter noch nie weinen sehen. Manchmal versucht sie sich das vorzustellen. Sie schaut auf ihre Mutter, wie sie den Käse anschaut. Als ob es über ihr Gesicht regnet. Aus den Augen und aus der Nase, über ihre breiten roten Wangen.

Die wundersamen Steine waren Teil einer Natur zweiter Ordnung. Im Tal sortierten sie sich vom toten Gestein und dachten sich neue Zustände aus. So verwandelten sie sich bei Hitze und in Verbindung mit Koks in flüssiges, heißes Strahlen. Der Sauerstoff verlor sich in Reaktion mit Kohlenstoff und Kohlenmonoxid, gleichzeitig nahm das Strahlen Silicium, Mangan und Phosphor auf. Es war Eisen geworden.

(1245,2)

MERIH

Im *ESPRESSO* bestellen sie Kaffee, und Laras Vater erzählt von einem Umzug, den es gegeben hat, als er zum ersten Mal im Ort war: Vertreter aller Nachbardörfer trugen meterhohe Figuren durch den Ort, eine Blasmusikkapelle spielte, und von der Ferne sah es so aus, als würden die Figuren in der Höhe miteinander tanzen. Merih beobachtet, wie Lara ihre Haare öffnet. Das macht sie hier genau so wie in der Stadt. Die Bewegung ist ihm vertraut und doch hat er sie so lang nicht gesehen, dass er nicht aufhören kann hinzuschauen: Gleich wird sie ihre Haare neu zu einem Dutt zusammendrehen, dann wieder einzelne Strähnen hinter den Ohren hervorholen. Und unter dem Tisch wird sie aus einer ihrer Sandalen schlüpfen, den nackten Fuß auf dem Fußrücken des anderen abstellen. Und da: Sie zupft Haare aus ihrem Dutt, greift an ihren Hinterkopf. Wie früher, wenn sie im Vorzimmer vor dem Spiegel stand, bevor sie die Wohnung verließ, und er ihr von der Tür aus zusah. Er erinnert sich an ihre Umarmungen, wie sie ihn immer enger umfasste, an die Beuge ihres Nackens. Wie gut man fremde Körper kennen kann und wie unnötig dieses Wissen ist.

»Was macht ihr eigentlich hier?«, fragt er und merkt im selben Moment, dass er nicht weiß, ob Laras Vater gerade noch gesprochen hat, die Frage platzt aus ihm heraus. Kurz ist es still.

»Überraschung«, sagt Laras Vater. »Wir dachten, wir schauen mal vorbei.«

Lara lächelt ihm zu.

»Damit du nicht komisch wirst, ganz allein hier draußen«, sagt sie.

Auch dieses Lächeln kennt er gut. Aber diesmal weiß er nicht, was es heißt. Vielleicht haben sich über den Sommer Bedeutungen verschoben.

Ob es Merih genauso erlebe, dieselbe Enge der Berge, an denen der Kopf an manchen Tagen abprallt, als ginge hier einfach gar nichts jemals über sich hinaus und selbst die Gedanken nicht ein Stück weiter, in denen man sich an anderen Tagen wunderbar einnisten kann, fragt Laras Vater. Und ob es den alten Milchmann noch gebe? Die Marktfrau, die jeden Sonntag frühmorgens so unglaublich laut den Preis ihrer Buschbohnen über den Platz schreit?

Merih antwortet leise. Er hofft, dass Susa sie von der Bar aus nicht hören kann.

Er möchte wandern gehen, sagt Laras Vater. Heute hoch bis zur Hütte, dort übernachten, morgen zeitig wieder absteigen und zurückfahren.

Als Laras Vater aufgebrochen ist, gehen Merih und Lara spazieren. Er versucht sie so schnell wie möglich aus dem Ort herauszuführen, schaut dabei auf die Löcher zwischen den Pflastersteinen. Hoffentlich sieht sie niemand. Immer wieder blickt er zur Seite: Sie ist wirklich da. Hier neben ihm geht sie an der Bushaltestelle, an den Siedlungen vorbei, sie sieht alles zum ersten Mal und weiß gar nichts davon, und ihr fällt auch nicht auf, dass sie nichts davon weiß.

Gerade jetzt, wo er sein Fest vorbereiten, wo er nicht mehr an die Nagelreste auf dem Tisch denken muss, ist sie hier. Trotzdem würde er sie gern umarmen. Ob ihr Nacken noch derselbe ist?

Es ist merkwürdig, dass sie hier so redet wie in der Stadt auch, immer diese kurze Pause, bevor sie anhebt zu sprechen. Im *ESPRESSO* ist ihm wieder eingefallen, wie gern er früher beobachtete, wenn sie sich fremden Leuten vorstellte: ihr freundliches und aufmerksames Betrachten des Gegenübers, wie sie die beiden As in ihrem Namen groß und offen ausspricht, das Lächeln zur Seite hin.

Und doch hat er vorhin vom Fenster aus diese kleine Unsicherheit in ihren Bewegungen beobachtet, die er noch nicht gekannt hatte.

Er will jetzt nichts bereden. Nur beobachten, wie es ist, wieder nebeneinanderzugehen, ob man sich der Geschwindigkeit des anderen anpassen kann, ob man automatisch an der Wegkreuzung in die gleiche Richtung will, begreifen, dass sie jetzt wirklich hier ist.

Es habe sie erstaunt, sagt Lara, dass sie doch jemanden vermissen könne. Wo sie es doch eigentlich für unnötig halte, in die gegenwärtige Abwesenheit eines Menschen eine Anwesenheit zu projizieren, das sei doch unnatürlich.

Merih schaut in die leeren Blumenkästen vor den Häusern. In fast allen ist Erde, in manchen wuchert noch irgendein Gras.

Dass eine Verschiebung der Motive vorliege, die falsch sei, sagt Lara.

»Weil die Vergangenheit überlagert die Gegenwart, und die Gegenwart reicht jetzt schon in die Zukunft, das kommt alles von gebräuchlichen romantisierten Vorstellungen, die es zu überwinden gilt«, sagt sie.

»Genauso wie sozial genormte Beziehungsmodelle«, sagt sie.

Die Siedlungen hier haben nichts von ihrer ländlichen Umgebung, fällt Merih zum ersten Mal auf, sie könnten genauso in einem der Vororte der Stadt stehen: keine Holzbalkone und Blumenkästen wie an den Häusern um den Hauptplatz herum. Einfache zweistöckige Häuser, in großen Blöcken um einen Innenhof angeordnet. Die rechteckig aufeinander zulaufenden Straßen sehen alle gleich aus, die Häuser auch. In jedem Wohnblock sind nur ein, höchstens zwei Wohnungen beleuchtet. Sie dürfen jetzt bloß nicht Wenisch begegnen, denkt Merih. Und auch Susa soll nicht wissen, wie gut er Lara und ihren Vater kennt, nicht jetzt, wo er vorne an der Theke stehen darf, wo Wenisch ihn mit Handschlag begrüßt –

»Merih!«

Er entschuldigt sich. Sein Kopf sei ganz und gar mit Arbeit voll, sagt er. Wenn er hier durch die Straßen gehe, müsse er daran denken, wie das wird, wenn alle ins Ortszentrum umziehen und dieser Ortsteil weiter ausstirbt, wenn nur noch im Sommer die Stadtkinder in die leeren Siedlungen einbrechen und dort Verstecken spielen. Lara und Merih probieren die Türen in den leerstehenden Häusern durch, bis eine aufgeht. Als sie sich in einer der verlassenen Wohnungen auf das schmale Sofa legen, hinter die Regale schauen und später in den Wald gehen und mittendrin stehen bleiben, an einer Stelle, wo es kühl und feucht ist und die Sonne und der Ort weit weg, fühlt es sich wieder vertraut an.

Abends will Lara sich in seinem Zimmer ausruhen. Merih sagt, er müsse noch ins Büro. Im *ESPRESSO* stellt er sich neben Wenisch an die Bar, will mit ihm über den Berg reden, aber der schaut nur auf den Fernseher. Hat Wenisch ihn gerade weniger herzlich begrüßt? Hat er sonst nicht immer auf den Barhocker neben sich gedeutet, wenn Merih das *ESPRESSO* betrat? Hat er ihm nicht öfter zugeprostet, ihm die Nüsse zugeschoben? Hat das alles schon was mit Lara zu tun?

Im Fernseher läuft noch immer das Fahrradrennen. Merih erzählt von den Sommern als Kind in ihrem Ferienappartement in Grado, in denen er die meiste Zeit von der Hitze ermattet auf dem geblümten Stoffsofa im Wohnzimmer lag, wo er seine Füße an dem Glastisch kühlte und fasziniert war davon, dass es woanders Menschen gab, die im selben Moment Serpentine um Serpentine Berge hinaufradelten, bis sie sich irgendwann erbrachen. Merih lacht, Wenisch schaut ihn befremdet von der Seite an.

Er ist ganz erschöpft, als er in sein Zimmer hochgeht. Lara liegt bereits in dem schmalen Bett. Sie setzt sich auf.

Sie wundere sich immer noch über das Gefühl der Verlustangst, sagt sie, das sie zum ersten Mal ganz körperlich erfahren habe, als er damals die Tür hinter sich zuzog und zum Bahnhof ging, sie allein zurückblieb und sich die Nägel neu lackierte.

»Das ist spannend. Ich möchte ein paar Tage bleiben und beobachten, was das mit mir macht«, sagt sie.

»Und du«, fragt sie.

Merih setzt sich seitlich auf seinen Schreibtischstuhl, schaut sie an, wie sie auf seinem Bett sitzt.

»Ich weiß nicht, ob ich das will«, sagt er.

Lara nickt und schaut aus dem Fenster.

»Auch das ist spannend.«

(1266,0)

WENISCH

Was bleibt?

Von der Entscheidung seiner Tochter hat Wenisch Susa nichts erzählt. Er hat ihr gesagt, dass er jetzt einsehen muss, dass es nicht mehr anders geht: Er kann seit dem Sturz im Keller den Duschkopf nicht mehr hochheben und sich nicht mehr an den Rücken fassen, um sich einzuseifen. Er musste mehrere Nächte auf dem Sofa schlafen, weil er auf einmal Angst vor den Stiegen hatte. Er vergaß den Kaffeekocher auf dem Herd, und die Platte fing an zu kokeln. Er rief seinen Friseur an, ohne einen Termin vereinbaren zu wollen. Er saß vor allem auf seinem Sofasessel und sah durchs Fenster nach draußen. Er seifte sich nicht mehr den Rücken ein, duschte sich eigentlich gar nicht, und es war ihm egal. Er trank keinen Kaffee und vergaß an manchen Abenden, zu Susa zu gehen. Er wusste, dass er hier für immer allein auf dem Sofasessel sitzen und nach draußen schauen könnte, und der Frau, die zum Putzen und Kochen kommt, würde es nicht auffallen, sie würde einfach weiterhin um ihn herum putzen und kochen. Wie ein Ausstellungsstück in seinem eigenen Museum. Aber seit er weiß, dass seine Tochter nicht kommen wird, kann er überall genauso gut sitzen wie hier.

Immer öfter flimmert es vor seinen Augen. Wie früher. Er muss daran denken, wie das Tageslicht manchmal in den Augen geschmerzt hat, als er nach einer Acht-Stunden-Schicht aus dem Berg gekommen ist. Aber jetzt kann er die Augen einfach schließen. Manchmal müssen es Stunden sein, die er sie geschlossen hält. Dann stellt er sich alles vor. Das Fenster, den bestickten Vorhang, den schwarzen Fernseher, den Riss in der Tapete links darüber. Wenn er später die Augen wieder öffnet, sieht er wieder genau das: das Fenster, den bestickten Vorhang, den schwarzen Fernseher, den Riss in der Tapete links darüber.

Das Heim sei wie eine große Familie, sagte die Frau am Telefon. Es gäbe kleine Wohneinheiten, viele hätten ihre Katzen mitgebracht, und es gäbe einen großen Garten und viele Pflanzen in den Gängen und den Zimmern. Es gäbe Spieleabende und Fernsehabende, und manche Katzen, Alfons zum Beispiel, würden immer nur auf dem Schoß liegen und gestreichelt werden wollen. Es erinnere wirklich nichts an ein Heim, es sei mehr eine Wohngemeinschaft, in der alle gemeinsam älter werden, erzählte die Frau und klang dabei selbst ganz aufgeregt.

Er könnte die Augen geschlossen lassen und sich Susa zum Beispiel nur vorstellen, so gut kennt er ihre Falten, die sich quer über die Wangen ziehen, ihr Kopfschütteln, den Kropf an ihrem Hals, der dann mitwackelt. Als sie zu Besuch kommt, macht er ihr trotzdem die Tür auf.

»*Hubertus hat die Zeit übersehen* steht in Martins Brief, und das Passwort fürs Internet«, sagt sie, als sie sich auf die Couch setzt. »Der alte Schöllauf hat es mir erzählt.«

»Verstehst du das«, fragt sie.

»Was sagst denn«, sagt sie.

»Wenisch, sag doch was.«

Wenisch zuckt mit den Schultern. Er und Martin, jeder auf einer Seite des Zauns. Natürlich wollte er Franz halten. Er kneift die Augen zusammen. Wie sommerhell die Sonnenstrahlen durch die Wolkendecke brechen. Wie die Greifhände des Chamäleons auf Wenischs Unterarm kitzeln, als er langsam ein Bein vors andere setzt. »Hoppla«, will Wenisch sagen, als Franz auf seiner faltigen Haut zur Seite rutscht, um das Schweigen zu brechen, dann lässt er es doch. Ein Klaps auf die Schulter? Soll er Martin umarmen? Wie sie dastehen, im Sonnenlicht, Martin, Franz und Wenisch.

»Die einen ziehen in die Stadt, die anderen setzen sich ins Auto und fahren sich tot«, sagt Wenisch zu Susa. »Das macht ja keinen Unterschied.«

Susa macht eine Bewegung mit der Hand, als würde sie eine Fliege vor ihrem Gesicht vertreiben.

»Geht's dir gut«, fragt sie.

Wenisch nickt.

»Na gut«, sagt sie. Sie schaut sich im Wohnzimmer um. »Na dann.«

»Schöne Zapfen«, sagt sie.

»Danke«, sagt Wenisch.

Einen Moment sitzen sie so da, jeder für sich. Susas Blick ist auf die Glasplatte des Wohnzimmertischs gerichtet. Dann schlägt sie die Hände zusammen.

»Packen wir's.«

Sie hievt Wenischs Kühlschrank auf die Ladefläche der Schubkarre, die sie mitgebracht hat.

»Der ist dann für die Aufstriche«, sagt Susa.

Susa hält mit einer Hand die Schubkarre, mit der anderen den Kühlschrank, den sie über die Türschwelle nach draußen hebt.

»Hab ja immer gesagt, ihr sollt nicht mehr Auto fahren, wenn ihr bei mir getrunken habt«, sagt Susa, dann schaut sie Wenisch in die Augen.

»Schau mich nicht so an«, sagt sie. »Alles nicht so tragisch, Wenisch. Wird schon.«

Sie drückt mit dem linken Fuß unten gegen die Schubkarre, kippt den Kühlschrank, dreht sich noch einmal um.

»Und wo bringen die deine Sachen hin?«

Wenisch zuckt mit den Schultern.

Susa starrt auf sein Klingelschild. »Hab euch das immer gesagt«, sagt sie.

Wenisch hört wenig später durch das offene Fenster, wie die Schubkarre über die Bordsteinkante rattert. Er stellt sich vor, dass es irgendwo eine große Müllhalle gibt, in der sich ganze Wohnungen in Containern übereinanderstapeln.

(1283,7)

SUSA

Der Regionalmanager sitzt ganz still an der Bar und schiebt Bieruntersetzer auf der Theke gegeneinander, als Susa von der Küche in den Gastraum tritt. Lässt er seine Freundin gerade ganz allein oben im Zimmer?

Er schaut auf, fährt zusammen, stapelt schnell die Bieruntersetzer wieder übereinander.

»Ein Bier?«
   »Ein Bier.«

Susa geht in die Küche, um frische Gläser zu holen. Ob er schon lang so dasitzt? Ob er auf sie gewartet hat? Er schaut auf sein Handy, während sie ihm das Bier zapft. Wie ein kleiner gelangweilter Junge sitzt er da, ganz träge, jede Kopfdrehung oder Handbewegung scheint ihm zu anstrengend zu sein. Auch Martin ist oft nach der Arbeit ins *ESPRESSO* gekommen und hat darauf gewartet, dass irgendwas oder irgendwer ihn unterhält. Es muss das sein oder doch der wippende Gang oder die nach vorne gebeugte Haltung, dass sie beim Regionalmanager noch immer in manchen Momenten denkt, dass Martin vor ihr steht.

Er steckt sein Handy zurück, schaut auf das Bier in Susas Hand, lächelt sie an, schaut auf den Fernseher. Müde schaut er aus. Ganz schmal ist er auch. War er das schon immer? Wie hat sie eigentlich je denken können, dass von dieser kleinen Gestalt eine Gefahr ausgeht?

Susa wartet, bis der Schaum sich setzt, zapft dann nach.

»Hast du Hunger?«, fragt sie. »Kann dir ein Brot schmieren.«

(1306,1)

MERIH

Merih wartet an der Bushaltestelle. Stalaktitenähnliche Felsen wachsen aus einer Wolke heraus, von den Spitzen tropft es grüne und violette und blaue Steine auf das Wellblechdach. Martin kommt mit seinem Auto, geräuschlos bleibt es stehen. Merih steigt ein.

(1325,0)

TERESA

»Da will jemand mit dir sprechen«, sagt ihre Mutter. Dann kommt die Hand mit dem Telefon durch den Türspalt.

Teresa schaut auf das Display.

»Hallo, hallo«, sagt die Stimme. »Hallo, Resi.«

Teresa setzt sich auf ihr Bett, dann steht sie wieder auf und geht zum Schreibtisch. Sie schiebt die Stifte, die auf der Schreibtischunterlage verteilt liegen, mit einer Handbewegung zur Seite.

»Warum rufst du auf dem Festnetz an«, sagt sie.

Dann sagt sie nichts mehr. Sie legt sich bäuchlings auf ihr Bett und zieht sich mit den Zehen des einen Fußes die Socke vom anderen.

Im Aquarium gebe es einen Arapaima, erzählt Esther, zwei Meter lang. Der Arapaima habe eine so feste Haut, dass ein Piranha nicht hineinbeißen kann, aber doch so weich und elastisch, dass, falls doch einer versucht zuzubeißen, sie nicht gleich durchbricht, wenn sich die Zähne hineinbohren.

»Im Aquarium ist ein Job an der Kassa ausgeschrieben«, sagt Esther. Außerdem habe sie sich am letzten Wochenende in einer Bar unabsichtlich auf den Klodeckel gesetzt und seitdem habe sie da unten eine Entzündung.

»Das brennt«, sagt sie, »und du, Resi?«

»Der Bürgermeister ist wieder da, habe ich gehört«, sagt sie, »sieht man den?«

»Resi?«

Teresa überlegt.

Heute Morgen ist sie bereits vor ihrer Mutter aufgestanden und zum Spalt gelaufen. Er ist schon wieder größer geworden. Sie hat sich nicht mehr getraut, sich über ihn zu beugen. An manchen Stellen war er schon über einen halben Meter breit. Sie sah nach links und rechts, sah, wie der Spalt aus Richtung des Berges kommt und quer über die Wiese auf den Ort zuläuft. Daran hat sie früher nie gedacht: dass es noch tausend andere Möglichkeiten gibt, wie der Berg den Ort zerstören kann. Es müssen nicht die Staubbälle sein, die den Berg runterrollen und den Ort und die Menschen mitnehmen. Vielleicht bricht der Berg einfach entzwei. Weil das Gleichgewicht nicht mehr stimmt.

Wird der Spalt sich erst durch die Pflastersteine ziehen, von der Wiese kommend langsam immer weiter durch den Ort, oder wird der Boden überall gleichzeitig in zwei Hälften auseinanderbrechen?

Wird die Erde absinken und wenn ja, wohin? Ist unter der Erde nicht einfach noch mehr Erde und noch mehr Erde und Geröll und irgendwann ein glühender Mittelpunkt im Inneren, wie ein kleiner Planet?

Die unterschiedlichen Töne des Auseinanderbrechens: das Holz der Dachstühle, lang knirscht es, biegt sich, dann bricht es trocken. Das Gemäuer der Decken, das brüchige Tapetenpapier. Die Steinböden werden heller klingen, sie springen in einem Sekundenbruchteil auseinander.

Sie wird davon hören, wenn sie gerade in einem Café sitzt und eine Zeitschrift liest. Die Sitznachbarn werden darüber sprechen. Teresa wird die Zeitschrift zur Seite legen und zum Fluss spazieren und beobachten, wie dieser verlässlich immer in dieselbe Richtung strömt, und dann zum Klavierunterricht gehen. Abends wird sie Merih davon erzählen, aber es wird nichts daran ändern, dass sie wie jeden anderen Abend auch diesen zu zweit verbringen, sie wird zu diesem Zeitpunkt Merih schon besser kennen als er sich selbst: das erste leise Klacken der Zunge am Morgen nach dem Aufwachen zum Beispiel. Das leichte Schaukeln zu den Seiten bei jedem Schritt oder das letzte Zucken vor dem Einschlafen. Sie wird über ihn verfügen können, wie man über eine andere Person verfügen kann, wenn sie zu einem gehört, also er zu ihr und sie zu ihm.

Und wenn die andere Person, deren Teil man ist, die Teil von einem ist, wenn sich herausstellt, dass diese eine Person ein schlechter Mensch ist, was passiert dann mit einem selbst?

»Resi?«

Teresa starrt auf ein dunkles Haarknäuel am Teppichboden, in das sich Staub verfangen hat.

»Und wann kommst du wieder?«, fragt sie.

Esther schweigt.

»Der Arapaima, der ist ganz unten am Beckenboden geschwommen, manchmal hat er sich gar nicht bewegt, da hat er ausgesehen wie ein Stein, als ob er nicht lebt«, sagt sie dann. »Du musst mich bald besuchen kommen.«

»Deine Scheißtiere interessieren mich nicht«, sagt Teresa.

»Aber Resi«, sagt Esther, »seit wann bist du denn –«
Sie seufzt.

»Meine Resi«, sagt sie, »das stimmt doch nicht.«

(1340,8)

SUSA

In der Nacht kann Susa die Geräusche nicht auseinan-
derhalten. Da kann sie ihnen keine Namen geben. In der
Nacht hört sich alles wie ein großes Rauschen an. Nur
wer sich selbst gar nicht spürt, verwechselt das mit Ruhe.
Wer sich selbst nicht mehr spürt, hat schon längst verloren. Susa spürt sich.

Nur wer einmal wirklich getrunken hat, weiß, was das
heißt: sich spüren und sich nicht mehr spüren. Spüren,
wie die Hautoberfläche leicht vibriert und wie jedes Wort
bis tief in den Magen klingt. Wie sich alles mit Wärme
ausfüllt und man dann merkt, wie viele Orte es im Körper gibt.

Nach dem Tod ihres Mannes hat Susa gedacht, sie wird
ab jetzt immer davon träumen müssen. Von dem Moment,
in dem sie aufwachte und nicht wusste, wieso. Sie weiß
noch: Kurz dachte sie, es war, weil sie am Abend das Fenster offen gelassen hatte und draußen die Nacht so laut
rauschte. Dann merkte sie aber, dass sie allein im Bett lag,
und ging hinunter. Erst in die Küche, ins Wohnzimmer,
dann machte sie die Haustür auf. Als dürfte sie dort nicht

sein, das merkt sie sofort. Dass es da eine Grenze gibt: weil die Nacht immer allein sein und draußen bleiben muss. Nur dort kann sie rauschen. Drinnen muss alles ruhen. Oder von dem Moment etwas später, als sie noch immer nicht wusste, wieso: Als sie die Kellertür öffnete und sofort ihren Mann sah, wie er am Ende der Treppe an der Klimmzugstange hing. Er hatte die Wäscheleine mehrmals um den Hals gewickelt, sein Mund war zur einen Seite verzogen. Sonst sah er schön aus.

Susa hört seit damals immer Radio vor dem Einschlafen. Sie schläft traumlos und weiß nur noch von früher, wie die Nacht rauscht und dass man nie vergessen darf, wie das ist.

(1363,6)

MERIH

Merih umarmt den Mann, der seine Kiste leerer Bier-
flaschen in einer Schubkarre vor der Tür geparkt hatte,
bevor er im Büro unterschrieb, die letzte benötigte Un-
terschrift für das Landschulheim, er schenkt dem Mann
seine Packung Zigaretten. Dann spaziert er bis zum
Schichtturm hoch und wartet auf ein Gefühl dazu.

Es wird ein Fest geben!

Der Bürgermeister hat ihm vorgeschlagen, die Riesenfigur
mit den langen Haaren, die er Wamson nennt, wieder aus
dem Gemeindearchiv zu holen, es könne einen Wam-
son-Umzug geben, aber Merih lehnte ab. Dafür hat er
nun eine Band gebucht, er hat Stühle und Dekoration bestellt, die Getränke und Plastikbecher. Wenn er zwischen
seinen Bürozeiten nach Hause kommt, wenn Lara dann
gerade allein unterwegs ist, setzt er sich an seinen Laptop. Er schreibt *Liebe Festgemeinde*, er schreibt *Liebe Bürgerinnen und Bürger*, er schreibt *Liebe Freunde* und löscht
es dann wieder. Er schreibt *Lieber Martin, du*, schaut die
Worte einen Moment an, wie der Cursor hinter dem letzten Buchstaben blinkt, löscht es dann auch. Er wird all

die nächsten Jahre eine Rede halten müssen, wenn er als Ehrengast eingeladen sein wird. So stellt er es sich vor. Er wird in der ersten Reihe sitzen, er wird aufstehen, sich umdrehen und ins Publikum schauen. Vielleicht die Hände falten und zum Gruß heben, wie ein Politiker in der Menge. Diese kleine, dankbare Verbeugung, nicht zu überschwänglich, aber auch nicht abwehrend, die wird er noch üben müssen.

Er setzt sich auf die Bank an der Vorderseite des Schichtturms und schaut auf die Dächer des Ortes. Er hat die Autos gesehen, die immer nur auf der Durchreise sind, die verlassenen Häuser, wie graue Tage zwischen den Bergen hängen bleiben, während man davon hört, dass irgendwo anders die Sonne die Nebeldecke durchbricht. Aber noch immer findet Merih, dass es nichts Beruhigenderes als die Abgeschlossenheit dieses Tals gibt, in dem die Rollen verteilt sind, in dem alles für sich existiert und sich nicht woandershin orientieren kann. Der Blick auf den Abbauberg inmitten der anderen Kalkspitzen: Im grellen Tageslicht sind die Serpentinen mit schmalen, scharfen Kanten in den Stein geschlagen.

Eine Baumschutzsatzung des Ortes existiert nicht.

Wochenlang hat er die Tage damit verbracht, mit interessierten Bewohnern Projektanträge zu erstellen, er hat ihnen die von den Architekten vorbereiteten Pläne gezeigt, welche Häuser im Ortszentrum renoviert werden können, hat ihre Wünsche bezüglich des Umzugs und des

Umbaus besprochen, den Antrag geschrieben und diesen an die Behörde der Stadt weitergereicht.

Wohnhaus, Herrengasse 2
Ehemaliges Schulgebäude, Josefistraße 14
Hofanlage (Backsteinhof), Kobergstraße 37
Wohnhaus, Unterer Plattenweg 41 (Denkmalnummer 11)

Er hat sich mit nicht interessierten Bewohnern getroffen, ihnen von dem Projekt erzählt und von dem Geld, hat auch ihnen die vorbereiteten Pläne und Kostenvoranschläge gezeigt. Er hat die Unterschriften gesammelt.

Er spürt eine kleine Erleichterung, als er auf den Ort schaut. Er hat einen Auftrag bekommen und diesen tatsächlich erfüllt. Jetzt hat er was zu erzählen. Bald wird er vorne auf der kleinen Bühne stehen. Er wird beschwichtigend die Arme senken, sie sollen doch aufhören zu klatschen jetzt!

Ich, Merih, Regionalmanager und Freund –

Er steht von der Bank auf, geht zurück in den Ort. Er hat zu tun. Wenn er jetzt durch die engen Gassen um den Hauptplatz geht, gibt es kein Erstaunen mehr: Er ist jetzt hier. Er biegt um die Ecke hinter dem Kaufhaus, auch hier kennt er schon alle Unebenheiten in den Pflastersteinen und die Löcher in den Fassaden. Als er aus den Augenwinkeln sieht, dass ihm Frau Wallnöfer entgegenkommt, sieht er auf den Boden und kurz vor der Begegnung wieder hoch, ihr direkt in die Augen, grüßt sie mit Namen. Dann wird er schneller, er läuft bis zum *ESPRESSO*.

Sie habe wieder zu arbeiten begonnen, davon erzählt Lara, als sie im Bett liegen, die beiden Biergläser haben sie aus dem *ESPRESSO* mit hochnehmen dürfen. Sie übersetze gerade eine Betriebsanleitung ins Deutsche, sie quäle sich mit der sprachlichen Uneindeutigkeit der Schraubbewegungen, die im Polnischen gänzlich anders gehandhabt werden.

Mittlerweile spielen er und Lara sich wieder Kinderworte hin und her, wie sie es früher gemacht haben: Der eine sieht den anderen mit großen Augen an, legt den Kopf schief und formt jede Silbe schwer und deutlich. Wenn Merih »London« sagt, dabei einen Schmollmund und die Augen groß macht, fängt Lara zu lachen an, dann wirft sie sich zurück ins Bett, und er darf in ihren Nacken, er darf da hinein, dann lacht sie endlich aus dem Bauch heraus.

Er steht auf und raucht noch eine Zigarette am Fenster.
»Weißt du«, sagt Lara vom Bett aus, »ich merke, dass die Leute glauben, ich bin hier, um dich zu besuchen, um hier jemand für dich zu sein, aber ich bin nur für mich hier und nicht für dich, aber das weißt du ja.«
»Das weißt du?«, fragt Lara.
»Ja«, sagt Merih.

Er entdeckt die Schönheit mancher Momente wieder. Zum Beispiel das Wissen, dass es irgendwo noch ein warmes Bett gibt, in dem sich eine neue Weite auftut, seit er gegangen ist. Dass man dorthin zurückkommen wird und die Möglichkeit, dass dann noch jemand darinliegt. Oder der eigene Name, zärtlich gerufen von einem Fenster aus. Das Erzählendürfen von einem unbestimmten lähmenden Gefühl, das einen vom Morgen an getragen hat, oder die Investition in ein mühsames Gespräch. Lara will nach dem Bier noch weiterarbeiten. Nur noch die Sicherheitshinweise heute Abend, sagt sie, die wolle sie zu Ende bringen. Merih küsst sie, steht auf, küsst sie noch einmal, dann geht er aus dem Zimmer, wird immer schneller, als er die Stiegen hinunterläuft, er stößt die Schwingtür zum Gastraum auf, betritt den Raum.

Er hinterlässt Weiten! Weiten hinterlässt er!

Zeit und Natur, alles war auf einmal formbar. Sauerstoff und Kohlenstoff drängten sich gegenseitig aus dem heißen, flüssigen Strahlen, aus Eisen wurde Stahl. Sein Glänzen, gegossen zu Hammer und Meißel, zu Hinterladern, Patronenhülsen und Dampfmaschinen, reiste über den ganzen Kontinent, auf Eisenbahnschienen immer weiter in die Ferne, Stahl auf Stahl, der Traum einer Welt, in der sich alles erbauen ließ. Wo einst ein Meer war und nur die Hirsche von den Anfängen und den Enden wussten, trug nun ein glänzender Stein die Zukunft in das Tal.

(1389,1)

TERESA

Es wird ein Fest geben.

In ihrer Schreibtischschublade hat Teresa beim Packen einen Stein gefunden, den ihr Vater ihr einmal geschenkt hat. Wenn sie ihn ins Licht hält, glitzert er türkis-silber. Sie drückt ihn den ganzen Tag in ihrer Faust. Die Kanten sind noch immer nicht glatt geschliffen.

Dass er nur Blödsinn rede, möchte sie Patz sagen, aber als sie ins Revier kommt und ihn sieht, wie er da auf dem Sofa sitzt, die Hände in den Schoß gelegt, wie er auf die Tapete schaut und auf sie wartet, will sie ihn doch nur fest umarmen, ihn gar nicht mehr loslassen. Wer weiß, wann sie sich wiedersehen.

Sie setzt sich neben ihn auf das Sofa und sinkt so tief ein, dass nur ihr Kopf die Rückenlehne berührt. Sie hat ihre Sachen gepackt und in einem Rucksack unter dem Bett versteckt. Im Laden hat sie noch die Plastikbehälter der sauren Schlangen ausgewaschen, getrocknet, die Cola-flaschen neu einsortiert. *Es soll eineiige Zwillinge geben, denen es gleichzeitig gut oder schlecht geht, obwohl sie nicht wissen, was der andere macht oder wo er wohnt.* Auf dem Weg zum

Laden ist sie Merih begegnet, er war in Richtung Siedlungen unterwegs, und sie haben sich zugenickt, wie ein stilles Übereinkommen, wie ein Versprechen.

Es wird ein Fest geben und danach wird Merih in die Stadt zurückgehen. Es wird ein Taxi vorfahren, sie wird die Tür aufmachen. Merih sitzt bereits drinnen. Sie steigt neben ihm hinten ein, die Fahrt dauert lang. Es ist kühl im Auto. Je näher sie der Stadt kommen, desto mehr Radiosender gibt es, der Taxifahrer wechselt zwischen ihnen hin und her.

Sie schaut auf ihre Handoberfläche. Es heißt, wenn man alle Finger auseinanderspreizt und dann auf der Handoberseite die Sehnen durchschimmern sieht, ist man nicht dick. Das hat sie irgendwo gelesen. In der Stadt wird sie im Winter kurze Lederhandschuhe tragen, im Sommer dünne silberne Ringe an beiden Händen.

Patz steht auf und geht aus dem Raum, kommt mit einem Kübel Wasser und der Rolle Klopapier zurück. Er schiebt ihr das Wasser zu, wartet, dann reißt er selbst Klopapier ab, zerknüllt es und taucht es in den Kübel.

»Ich habe auch Strohhalme dabei. Damit können wir noch genauer zielen«, sagt Patz. »Wir können vom Fenster aus Leute abschießen, die vorbeikommen.«

Teresa taucht Klopapier ins Wasser, formt es zu einer Kugel, wirft sie gegen die Decke.

»Wir könnten uns Schnaps aus dem *ESPRESSO* stehlen«, sagt Patz.

Er sagt:

»Wir könnten das Vogelhäuschen des Bürgermeisters abmontieren und irgendwo aufstellen, wo er es niemals findet.«

»Wir könnten vor Martins Elternhaus kacken.«

»Wir könnten nackt so lang die Schnellstraße entlanglaufen, bis wir nicht mehr können.«

»Wir könnten auf den Berg gehen und schauen, wer sich traut, von einer Etage zur anderen runterzuspringen.«

»Wir könnten uns ausziehen und im Brunnen baden«, sagt er.

Teresa schaut Patz von der Seite an. Er wird ihr fehlen. Vielleicht schon, wenn sie im Taxi sitzt, wenn sie überlegen wird, ob sie nach Merihs Hand greifen, ob sie nach draußen schauen oder noch kurz schlafen soll.

»Lass mal«, sagt Teresa. »Nächstes Mal.«

(1405,6)

WENISCH

Die Männer kommen in einem großen Lieferwagen vor-
gefahren. Wenisch sitzt auf seinem Couchsessel, der jetzt
nicht dem Fernseher, sondern dem Gang und der Küche
zugewandt ist. Er schaut zu, wie junge, kräftige Menschen
ein Möbelstück nach dem anderen hinaustragen. Sie fül-
len große schwarze Müllsäcke voll, die aus einem festeren
Plastik sind als die, die er immer für die Mülleimer vor
dem Haus gekauft hat. Sie haben im Flur ein Radio mit
schlechtem Empfang angeschlossen.

»Normalerweise räumen wir nur Wohnungen aus, wo
niemand mehr da ist«, sagt einer der Männer in der Mit-
tagspause zu ihm, während er seine Semmel mit beiden
Händen noch einmal flacher drückt und dann hinein-
beißt. »Das hier ist sehr ungewohnt.«

Wenisch zuckt mit den Schultern. Er hat die Wohnung
vor fünfzig Jahren selbst eingeräumt, jetzt will er beim
Ausräumen zumindest zuschauen. Auf einem kleinen
Haufen stapeln sich die Sachen, die er behalten möchte.
Bis jetzt ein Schuhkarton mit Fotos, ein grauer Wollpull-
over, die Hauspantoffeln, das aktuelle Fernsehmagazin.

Es ist gut, dass Marie die Wohnung nicht nimmt. Jetzt
kann alles weg.

Einer der Männer hat sich versprochen, seitdem geht es Wenisch nicht aus dem Kopf:

»Sie misten sich aus, Herr Wenisch.«

Wenisch denkt weiter:
Ich miste mich aus.
Ich lösche mich aus.
Ich löse mich auf.

Am Ende wird nur noch der kleine Haufen mit der Fotoschachtel, dem grauen Wollpullover, den Hauspantoffeln, dem aktuellen Fernsehmagazin bleiben. Den wird er in seine Reisetasche mit dem Sparkassenlogo an der Seite packen, oder er wird zusehen, wie jemand den Haufen in die Tasche packt. Er hat sich da noch nicht entschieden.

Er sieht zu, wie ein Mann, der eine dünne, silberne Halskette ohne Anhanger trägt und immer laut Luft ausstößt, wenn er ein Möbelstück anhebt, egal wie schwer es ist, den Lattenrost des früheren Kinderbettes an ihm vorbei nach draußen trägt.

»Aber bei dieser Umsiedlung, da mache ich nicht mit«, sagt Wenisch auf einmal. »Kaufen lass ich mich nicht.«

Der Mann dreht sich um und zögert kurz, ob er gemeint ist. Dann nickt er.

»O.k.«, sagt er. Er bleibt kurz stehen, schaut auf den Lattenrost.

»O.k.«, sagt er noch einmal.

Dann geht er weiter.

Wie sie da stehen. Martin, Franz und Wenisch, am Zaun in diesem gleißenden Sonnenlicht. Das Chamäleon auf Wenischs Hand. Wie es kitzelt. Wie Martin sagt, er müsse jetzt zum Essen rein. Wie er dann Franz nimmt und sich umdreht, zum pfirsichfarbenen Haus. Wie Wenisch immer noch dasteht, ihm hinterherschaut, jetzt zum Abschied will er doch was sagen. Er macht den Mund auf. Er sagt: »Na dann, guten Appetit.«

Die Abende im *ESPRESSO*.

Martin als Kind, wie er sich flach auf den Boden legt und aus Regenlachen trinkt.

Alfons?
Der Kater. Das Wohnheim. Der Umzug –

Ich miste mich aus.

Wenisch stellt sich vor, dass Alfons schwarzes Fell mit vielen weißen Tupfen hat. Ein großer Fleck zieht sich schräg über den ganzen Kopf und umrahmt sein linkes Auge. Die anderen Flecken sind kleiner, auf den Hinterpfoten und an der rechten unteren Bauchseite. Er hat ein ganz dünnes und weiches Fell.

(1426,0)

MERIH

»Es gibt nichts Sterbenderes als die Nächte hier, trotzdem habe ich das Gefühl, dass hier niemand schläft«, sagt Merih. »Ich möchte wissen, was in diesen Wohnungen passiert.«

Als er das Fenster wieder schließen will, hält er kurz inne. Über den ganzen Hauptplatz haben sich die Flyer, die er bereits vor Wochen vor die Haustüren der Siedlungen gelegt hat, verteilt. Manche muss der Wind bis ins Zentrum getragen haben. Weiß-rote Flecken auf den Pflastersteinen. Viele Flyer sind zerrissen, andere kleben auf dem Platz wie aufgemalt. Sie liegen jetzt auch auf den Mülleimern und schwimmen im dunklen Brunnenwasser, sie kleben in den Fenstern. Dazwischen einige Plastikbecher, wahrscheinlich noch vom Blintelfest aus Susas Müllsäcken, die vor dem *ESPRESSO* stehen. Einer ist umgefallen. Davor Servietten, mehrere Konservendosen, weiße Plastikbottiche.

MARKENSTEINER SENF PREMIUM QUALITÄT steht auf einem Kübel, den Merih von oben sehen kann. Als er am Vortag vor dem Gemeindeamt stand, hat er beobachtet, wie ein Gewirr aus Staub und Haaren über den Hauptplatz wehte. Dabei hat er an die hellblonden Haarknäuel von Lara denken müssen, die sie während eines Gesprächs oft mit den Fingern aus den Haaren kämmt. In ihrer Wohnung in der Stadt fand Merih ihre Haare überall. Unter dem Küchentisch, im Gummi der Waschmaschinentür und auf seinen Pullovern an der Stelle unter den Achseln.

Lara liegt noch im Bett, als er bereits am Fenster steht: Heute der große Tag. Er stellt sich vor, wie er jeden Morgen hier oben steht und die Wege zeichnet, die die Leute wenige Stunden später gehen werden. Wie er von hier oben bestimmt, wann Wetter und Licht wechseln und zu welcher Tageszeit Susa die Müllsäcke nach draußen stellt.

Er muss los. Die Band kommt bereits am Vormittag für den Soundcheck. Er nimmt sein Hemd, das er sich am Vortag herausgelegt hat, vom Stuhl und bespricht mit Lara, sie noch im Halbschlaf, was er heute zu tun hat: die Musikanlage anschließen, die Getränke kühl stellen, das Buffet aufbauen. Die Flyer bereitlegen, die Lichterkette anschließen, den Strom anschließen. Die Rede noch einmal durchgehen. Während er sein Hemd zuknöpft, malt er sich aus, wie es werden wird, groß! festlich! bunt! seine Finger ganz kalt, er klatscht einmal in die Hände, beugt sich über das Bett und küsst Lara fest auf die Wange. Lara lächelt, dann dreht sie sich zur Wand. Sie werde nachkommen, sagt sie, und dann bei den Kabeln helfen.

Fast alle, an die er Einladungen verteilt hat, haben gesagt, sie würden gern kommen. Es fühlt sich wie sein Geburtstag an. Zuerst geht er ins Gemeindeamt, um sich den Lieferwagen der Gemeinde zu leihen. Bereits am Vortag hat er mit diesem die Stühle auf den Platz vor dem Museum gefahren, wo das Fest stattfinden wird. Die Sekretärin sitzt an ihrem Schreibtisch, starrt auf den Bildschirm.

Ob der Journalist auch komme, fragt sie.

»Zwei Jahre haben wir noch«, sagt sie, »das hat er geschrieben. Und jeden Tag steigt die Wahrscheinlichkeit. Wir sind jetzt bei 87 Prozent.«

Auf Merihs Frage, wie diese Prozentzahl berechnet wird, schaut sie ihn lange an.

»Zu 87 Prozent passiert das, was der Journalist gesagt hat«, sagt sie, »und morgen oder übermorgen kann es schon wieder mehr sein, da können es schon 90 Prozent oder 91 sein.«

Sie dreht sich wieder zu ihrem Schreibtisch, nimmt einen Stapel Papier und legt ihn auf einen anderen. Sie nimmt ein paar zusammengeheftete Zettel aus einem Ordner, legt sie darauf. Sie trinkt von ihrer Tasse, nimmt den Tacker und tackert die Zettel aneinander.

Merih schaut ihr kurz dabei zu, dann nimmt er den Autoschlüssel von dem Tisch und verabschiedet sich.

Als er wieder vor das Gemeindeamt tritt, sieht er, wie Susa vor dem *ESPRESSO* eine kleine Plastiktüte in einen der Müllsäcke stopft. Auch Susa muss sich schon einmal an anderen Orten bewegt haben: in der Stadt zum Beispiel. Sie muss schon einmal an einer Ampel gewartet haben, bis es grün wird. Oder sich im Supermarkt an einer Kasse angestellt haben. Er stellt sich vor, wie sie in seiner alten Wohnung auf dem schmalen Sofa mit dem bunten Stoffüberzug sitzt, wenn die Sonne in schmalen Streifen durch die Balkontür hineinfällt, wie sich das Sofa zu ihr verhält und umgekehrt.

»Bis später!«, ruft er ihr zu und winkt.

Während die Band sich warmspielt, auf dem Museumsparkplatz, am Hang des Abbaubergs mit Blick über den Ort, schiebt Merih die Stuhlreihen auf dem Parkplatz vor dem Museum hin und her, hängt die Girlanden zwischen den Laternen auf. Zwischendurch setzt er sich auf einen der Stühle und sieht der Band zu, wie sie ihre Instrumente zusammenschraubt und einzelne Stücke anspielt. Er hat sie angeschrieben, ein Honorar ausgehandelt, die Anreise organisiert, und jetzt sind sie tatsächlich hier und spielen für ihn.

Später zieht Lara mit beiden Händen an einer Girlande, damit sie nicht in der Mitte zwischen den Laternen durchhängt. Es rieselt rote Glitzerfäden auf den Boden. Schließlich wickelt sie die Girlanden einfach um die Laternen herum, statt sie aufzuhängen. Gemeinsam schließen sie die Kühltruhe an, schreiben Platzreservierungskarten. Merih geht noch einmal ins Museum, um zu sehen, ob dort alles vorbereitet ist. Einen Moment ist er allein. Wie er schwitzt. Bald geht es los.

Das sei alles ganz entzückend geworden, sagt sein Chef, als er den dekorierten Platz sieht, die Kapelle, die sich einspielt, tatsächlich auch zwei Kinder, die um die Ecke lugen. Merih, Lara, die Band, sein Chef und dessen Begleiter stehen an der improvisierten Bar aus Biertischen, sie trinken das erste Bier des Abends. Sein Chef trägt einen blauen Anzug und ein weißes Hemd. Er prostet Merih zu, nickt dann und zwinkert.

Das Fest steht und fällt mit ihm. Mit ihm!

Wenig später kommt Laras Vater, er in Jeans und Sakko. Sie reden über den schlecht platzierten Wegweiser nach der Autobahnabfahrt, den verworfenen Ausbauplan der Schnellstraße. Dass es jetzt wieder kühl werde am Abend, dass es aber ein schöner Sommer gewesen sei: viele Sonnentage, wenn Regen, dann nur für ein paar Stunden, konzentriert und warm.

Als sein Chef von anderen Projekten in anderen Tälern erzählt, schaut Merih auf die Uhr. Wo ist Wenisch? Und Susa? Hat sie noch im *ESPRESSO* zu tun? Er geht auf die Bühne, stellt die Höhe des Mikros ein, übt den Blick abwechselnd ins Publikum und auf seinen Zettel. Sein Chef, Lara und Laras Vater drehen sich zu ihm, verstummen.

»Ach so«, sagt Merih, »eigentlich wollte ich nur –«

Lara hebt ihr Glas, prostet ihm zu.

»Na gut«, sagt er, räuspert sich. »Also, liebe Bürgerinnen und Bürger –«

Er schaut auf seinen Zettel, schaut zu der kleinen Gruppe, die noch immer am Buffet steht. Schaut zur Auffahrt. Sieht, dass um die eine Laterne nur eine silberne Girlande gewickelt ist, nicht wie bei den anderen eine grüne und eine silberne.

»Liebe Festgäste«, sagt er.

Hat Lara die grüne vergessen? Oder er selbst?

»Einen Sommer habe ich hier verbringen dürfen«, sagt er. »Als Fremder habe ich den Ort kennengelernt, als –«

Die Girlande ist gar nicht um eine Laterne gewickelt, sondern um einen Strommast. Leiten Girlanden Strom?

»Und am Ende durfte ich Teil werden, ich, ich durfte Einblick gewinnen in –«

Sein Chef steht gefährlich nah am Strommast.

»Bis man mir Leberwurstbrote geschmiert hat, bis dahin.« Merih nickt.

»Die Berge«, sagt er, schluckt. »Und die Steine natürlich, die Nutrias –«

Merih fängt an zu schwitzen. Ein Strahlen, das vom Steißbein ausgeht, bis hinauf. Er schwimmt in sich selbst. Sein Kopf glüht. Der Chef dreht sich zur Seite, sagt Lara etwas ins Ohr, tritt ein Stück zurück. Merih kann nicht sehen, ob sein Rücken schon die Girlande berührt oder ob er genau jetzt kurz davor ist, ob es nur noch ein paar Millimeter sind.

»Im Museum gibt es einen Erlebnisstollen, frisch renoviert, der ist hiermit neu eröffnet«, sagt er. »Prost.«

Er geht von der Bühne, reißt die silberfarbene Girlande von dem Strommast und öffnet sich ein Bier. Er versucht niemandem in die Augen zu schauen.

Der Typ mit den Formularen. *Merih, Regionalmanager.* Warum hat er sich eigentlich nie einen Nachnamen gegeben?

Die Band fragt, ob sie jetzt dran sei.

»Ja«, antwortet Lara, »ja bitte. Sofort.«

Merih geht vor bis zur Auffahrt, schaut hinunter. Hört nichts. Hört dann das Schlagzeug, die Gitarre, der Sänger setzt ein. Er muss an die Worte von Laras Vater denken: An manchen Tagen prallt der Kopf an den Bergwänden ab, als ginge hier einfach gar nichts jemals über sich hinaus und selbst die Gedanken niemals ein Stück weiter. Als ob alles in einer ewigen Wiederholungsschleife stecken geblieben ist.

Merih setzt sich in die erste Stuhlreihe und dreht sich nicht mehr um. Er zerdrückt den Plastikbecher in seiner Hand, bis das restliche Bier auf seine Hose tropft. Wie Susa und er sich Postkarten schreiben, hat er sich immer vorgestellt. Wie er Wenisch im Heim besucht, sich mit ihm über die Bergarbeit unterhält, wie Bingo miauend auf seinem leeren Bett sitzt, wenn er gegangen ist.

Die Band spielt Blasmusikversionen von Pop- und Schlagersongs. Einen Moment lang kann Merih tatsächlich nur der Musik zuhören. Der Posaunist wird rot im Gesicht und schaukelt im Takt mit. Dann hinter ihm ein Gruß, der Bürgermeister ist gekommen. Er habe zu Hause eine Webcam installiert und die Zeit übersehen, hört Merih ihn sagen. Dafür könne er jetzt von seinem Büro aus beobachten, welche Vögel in seinen Garten kommen. Ob die Kapelle auch einen Marsch spielen könne?

Lara setzt sich neben Merih, legt ihre Hand auf seinen Oberschenkel. Er würde sie gern abschütteln, tut es dann doch nicht. Sein ganzer Körper vibriert. Es ist der Motor des Autos, das sich die Etagen hinaufquält, Martin neben ihm am Steuer. Vor einer Kurve beschleunigt der Wagen, das Fernlicht blitzhell in der Dunkelheit.

Emilienglück (1553,3 Meter), Gontschach (1527,9), Josef-höhe (1502,0), Arminger (1482,7), St. Georg (1460,2), Rap-posch (1443,2 Meter), Ignaz (1426,0), Fuchs-Grube (1405,6), Barbara (1389,1), Kattowitz (1363,6), Franz Joseph (1340,8), Nüssel-Höhe (1325,0), Lukasgrube (1306,1), Hugendubitsch (1283,7), Zita (1266,0), Faschauner (1245,2), Elisabeth (1224,0), Rechtbauer (1207,4), Hubertus (1186,9), Thekla (1163,3), Alten-berg (1141,0), Elsenhöhe (1120,4), Brusek (1101,6), Karl Franz (1082,5), Tierschädl (1067,0), Dreikönig (1043,4), Etage 7 (1027,4), Mariatrost (1002,4), Cecilia (983,0), Reichen-stein (967,7), Polster (948,1), Brandhofer (929,5), Annerlhöhe (908,3), Etage 7 (886,7), Etage 6 (863,9), Rudolf (841,9), Fa-bian Groß (823,8), Zauchen (801,4), Etage 5 (784,2), Etage 4 (761,9), Egidi (742,7), Etage 3 (720,4), Florianigrube (700,0)

(1443,2)

TERESA

Teresa hat ihre Hände vor sich auf den Schreibtisch gelegt. Die Finger berühren nur ganz leicht die Schreibunterlage. Sie beugt sich vor und schaut fast senkrecht auf ihre Hände, als wären sie aufgespannte Schmetterlingsflügel oder seltene Steine in einer Glasvitrine. Ihre Finger sind rot und heiß. Sie kann ihnen fast dabei zusehen, wie sie anschwellen. Immer praller werden sie.

Ob sie irgendwann einfach platzen?

Die Haut wird aufreißen, und aus den Löchern wird in dünnen Strahlen der gelbe Eiter schießen, später Blut. Der Schmerz schlägt bis in die Fingerspitzen auf die Schreibunterlage. Endlich spürt sie ihren Körper. Ihre Finger pochen. Ihr ganzer Körper pocht, wenn sie daran denkt: Diese schlanke Frau, die ihre Hand auf Merihs Oberschenkel legt, ganz beiläufig. Als könnte sie ganz über ihn verfügen, als würde sie Teresa nicht sehen, die mit Patz am Buffet steht, als wüsste sie nicht, dass Teresa gleich nach dem Fest mit Merih ins Taxi steigen wird, dass sie ihr Klavier bereits in seine Wohnung gestellt hat –

Gleichgewicht wiederherstellen. Zwillinge, die gleichzeitig große Entscheidungen treffen, Kinder bekommen oder sterben, obwohl sie auf unterschiedlichen Kontinenten leben. Symmetrie ist wichtig, immer, auch die Symmetrie des Körpers: Zwischen Braue und Auge, sowie zwischen Braue und Haaransatz muss auf beiden Seiten der gleiche Abstand sein, beide Augen auf derselben Höhe sowieso, gleich lange Arme, gleich lange Beine, gleich große Brüste, *symmetrische Körper sind attraktiver, bestätigten Forscher des Centre for Cognitive Neuroscience, Brunel University in Uxbridge, Großbritannien.* Das hat sie in einer der Zeitschriften gelesen, die sie im Revier gefunden hat. Ein exakt gezogener Mittelscheitel, dessen Verlängerung geradlinig über die Nase, über das Lippenherz zum Kinn führt.

Wer Locken hat, hat bei der Symmetrie sowieso schon verloren.

Eine unnatürliche Aufregung hat Teresa bis in den Nachmittag getragen. Sie hat Äpfel in zwei Bissen gegessen, sich ins Bett gelegt, ist aufgestanden, hat sich dann wieder hingelegt. Sie hat die Kilopackung saure Schlangen aus dem Lager gestohlen, sie aufgegessen und ihr ist nicht schlecht geworden. Dann hat sie ihr Fahrrad aus dem Keller geholt und ist bis ans andere Ende des Ortes gefahren und wieder zurück, sie hat dabei so fest in die Pedale getreten, wie sie konnte. Im Musikheim hat sie sich ans Klavier gesetzt und ein Stück angespielt, aber es war ein ständiges Verhaspeln, nur einzelne, dissonante Töne, die nicht zusammen klingen wollten. Wütend warf sie den Klavierdeckel zu, während die andere Hand noch auf den Tasten lag. Warm stieg es ihr von den Fingerspitzen bis in die Schulter und in den ganzen Körper, als würden ihre Finger auf einmal überall hinreichen. Sie legte auch die andere Hand auf die Tasten und warf den Deckel ein weiteres Mal zu, diesmal etwas fester. Endlich spürt sie ihren Körper.

Sie wird den Unterricht für den nächsten Monat absagen müssen. Oder für länger. Sie wird die Bewerbungsfrist fürs Konservatorium verpassen. Vielleicht werden ihre Finger krumm zusammenwachsen, sodass sie wie totes steifes Geäst von ihrem Körper abstehen und irgendwann einfach abbrechen, wenn sie versucht, sie zu bewegen, oder wenn jemand im Vorbeigehen daranstößt. Es wird ihr guttun, und sie wird jemanden sehr hassen können dafür, dass sie keine Pianistin geworden und nie in die Stadt gegangen ist.

Die Finger müssen laufen, nicht stolpern; denk an Reptilien!

Ein Chamäleon zum Beispiel!

Sie verzieht den Mund und macht die Augen zu. Ihre Finger pochen jetzt noch stärker gegen den Tisch, als würden sie immer schwerer werden. Sie presst die Zähne so fest aufeinander, dass es auf einmal in den Ohren rauscht. Sie kann jetzt die Stimmen aus dem Fernseher im Schlafzimmer der Eltern hören.

Aus dem Fenster sieht sie auf die Straße. Kein Auto. Das Fenster des Hauses auf der gegenüberliegenden Straßenseite liegt auf exakt der gleichen Höhe wie ihres. Drüben ist der braun schimmernde Vorhang auf einer Seite zugezogen. Früher haben Esther und sie sich vorgestellt, dass dort jemand einzieht, in den man sich verlieben könnte. Dass sie dann verschiedene Zeichen mit dem Vorhang ausmachen, Nachrichten auf große weiße Zettel malen und ans Fenster halten.

Aber diese Person wird dort nie einziehen. Teresa wird nicht in die Stadt gehen und nie wieder Klavier spielen. Martin ist tot, Martin wird es nie wieder geben, und sie sitzt hier am Schreibtisch, ihre Finger platzen gleich, und niemand merkt, dass sie ab jetzt langsam sterben wird, wie Franz wird sie zuerst grau, dann schwarz werden und sich am Ende nicht mehr bewegen. Niemand wird je erfahren, dass Franz nicht aus Kummer vergessen hat zu essen, sondern dass sie ihn nicht mehr gefüttert hat, dass sie ihn langsam und qualvoll getötet hat. Endlich wird sie dann ein Gesicht haben, das immer gleich aussieht. Es wird ein Bild von ihr geben, an das man sich erinnert: wie sie ihre steifen Finger von sich streckt, farblos, aber schlank.

Sie weiß Bescheid. Der Berg weiß Bescheid. Sie weiß, dass er herunterkommen, dass der Ort in dem Spalt verschwinden wird. In dem Spalt wird es angenehm gleichmäßig kühl sein. Es werden neue Orte darauf gebaut werden. Man wird sich Geschichten erzählen.

Sie drückt ihre Fingerspitzen auf den Schreibtisch, immer fester, sie steht auf und verlagert ihr ganzes Gewicht auf ihre Hände und auf den Tisch nach vorne. Kein Pochen mehr, wenn sie fest zudrückt. Teresa spürt jeden einzelnen ihrer Finger, als wären sie auf einmal ewig lang und würden bis zu den Ellbogen reichen. Ein heißes Strahlen den ganzen Unterarm hinauf.

(1460,2)

WENISCH

Zum allerersten Mal in seinem Leben kann er Regen
sehen. Es ist schön. Er sieht vor seinem Fenster hauch-
dünne weiße Schlieren, die jeweils der Bewegung der anderen nach unten folgen. Früher war Regen für ihn nur ein
Flirren vor dem Fenster, wie ein Wabern der Luft, wenn
die Hitze im Tal steht. Aber jetzt, jetzt kann er Regen sehen. Es gelingt ihm, einem der Fäden kurz mit dem Blick
zu folgen. Als ihm davon schwindelig wird, sieht er weg
und schaut die Wand an oder die Ecke rechts oben, die
etwas dunkler ist. Oder er stellt kurz auf unscharf, fokus-
siert nicht mehr. Dann sieht alles wie hinter Milchglas aus.
Das kann er auch auf einmal: wie bei einer Kamera seinen Blick scharf stellen. Er schaut wieder hinaus. Es regnet jetzt auf einmal nach links, die Schlieren haben sich in
die Waagrechte gelegt. Bewegen kann er sich nicht mehr.
Aber endlich kann er sehen.

Wann ist die Zeit, um Hunger zu haben? Was heißt
das, Hunger haben? Muss sich dann der Bauch bereits
vor Schmerz zusammenziehen, oder genügt diese kleine
Leichtigkeit im Magen?

Wann soll er schlafen gehen?

Wie lang schläft ein normaler Mensch?

Und ein alter Mensch?

Vielleicht muss er auch gar nichts mehr. Vielleicht hat er diese Dinge wie Essen, Trinken, Schlafen einfach überwunden.

Wie lang sitzt er schon hier?

Wie lang ist die Frau, die putzt und Essen macht, schon wieder weg?

Wie lang ist es her, dass er mit seiner Tochter telefoniert hat?

Er versucht sich zu erinnern, wie sich seine Klingel anhört. Würde er sie hören?

Die jungen Männer von der Auszugsfirma haben das Kinderzimmer bereits ganz leer geräumt. Im Wohnzimmer fehlen nur noch die große Kommode und der Wohnzimmertisch mit der Glasplatte. Einige andere Möbelstücke sind an die Seite geschoben. Die werden sie holen, wenn er nicht mehr da ist.

Wenn er, nachdem er lang hinausgeschaut hat, den Kopf wieder bewegt, fällt ihm manchmal der Schmerz in der Brust ein, das Keine-Luft-Bekommen. Dann erinnert er sich an die Abende im *ESPRESSO*.

Was läuft im Fernsehen?

Er erinnert sich an das dunkle Holzimitat der Theke

und an das Gefühl, wenn man mit der Handfläche über die schmierige Oberfläche fährt.

Ob sein Enkel ihn besuchen kommen wird?

Der Blintelmann ist an allem schuld. Dass er jetzt hier sitzt und ihm alles wehtut, dass seine Tochter nicht herziehen will und überhaupt. Zuerst schenkt er den Menschen den Berg und verspricht glänzende Steine für immerdar. Am Ende zerstört er alles.

Wenisch ist wütend.
    Man darf Martin nicht vergessen.

Wie sie da am Gartenzaun stehen: er, Martin, Franz. Hat er Martin wirklich nur einen guten Appetit gewünscht? Vielleicht ist er doch noch einmal ganz nah an den Zaun gegangen, im Sonnenlicht, jetzt schon vom Abend warmgezeichnet. Vielleicht hat er sich darübergebeugt und Martin gefragt, ob er sich die Häuser im Ort einmal angeschaut habe, wie schnell das Holz an Farbe verliere. Und dass sein Haus, sein frisch gestrichenes Massivhaus, immer pfirsichfarben bleiben, dass Martin immer einen Platz im Ort haben werde. Vielleicht hat er Martin danach kurz umarmt.

Ganz sicher hat er Martin danach umarmt.

Das Gefühl, in einer Höhle zu sitzen und auf die Detonation zu warten. Der kurze Druck im Körper.
    Diese Schwere nach der Frühschicht, wenn man gegen

Mittag aus dem Berg kommt. Den ganzen Nachmittag schlafen, bis in den Abend hinein, die Tageszeiten aussetzen lassen, *das Raum-Zeit-Kontinuum überwinden.* Da hat er mal was im Fernsehen gesehen.

Manchmal muss er nicht einmal über den Regen nachdenken. An gar nichts muss er dann denken. Seine Pantoffeln hat er aus der Reisetasche wieder rausgeholt.

Ich reise mit leichtem Gepäck.

Wenisch denkt den Satz, der ihm so bekannt vorkommt. Er denkt daran, ihn laut auszusprechen. Vielleicht spricht er ihn laut aus.

Die einzige Tageszeit, die er nicht vergessen kann, ist die Schusszeit am Freitagnachmittag, 16 Uhr. Dann ist es Zeit, den Filterkaffee vom Morgen aufzuwärmen und zu trinken, das Wohnzimmerfenster zu öffnen und das Radio einzuschalten.

Er sieht, dass es draußen jetzt Punkte regnet.
Wo sind die Schlieren hin?
Er versucht seine Augen wieder scharf zu stellen.

Auf einmal eine fremde Stimme:
»Wir haben telefoniert.«
Ihn überkommt ein kurzer Schwindel, er hat sich zu schnell umgedreht. Seine Tochter steht hinter ihm. Seine Tochter mit einer fremden Stimme.

Aber neben ihr steht noch jemand. Eine Frau mit kurzen Locken, sie ist kleiner als seine Tochter und hat einen festen, quadratischen Oberkörper und dünne Beine. Sie streckt ihm die Hand hin.

»Wir haben telefoniert«, sagt sie.

Seine Tochter hebt die Reisetasche an.

Sie sieht müde aus. Ob sie von der Arbeit kommt?

»Na«, sagt die Frau im Quadrat.

»Brauchst du noch was«, fragt seine Tochter.

»Wollen Sie noch eine Runde in der Wohnung drehen«, fragt die Frau, »wir können Sie gern noch kurz allein lassen.«

»Hast du da wirklich alles drin«, fragt seine Tochter.

»Auch Wechselwäsche und so.«

»Hast du deine Hausschuhe«, sagt sie, »dein Brillenetui, deine Creme. Deine Zeitschriften.«

»Bücher, Fotos.« Die quadratische Frau lächelt die ganze Zeit.

»Vielleicht Adressbüchlein.«

Wenisch schüttelt den Kopf.

Wenn die wüssten.

Er hat doch seine Augen.

(1482,7)

MERIH

Eine Metallkonserve bewegt sich mit einem lauten blechernen Geräusch immer wieder ein Stück von links nach rechts. Etwas raschelt. Das Plastik der Girlanden, Blätter eines Baumes, die Flyer, die vom Infotisch auf den Boden geweht sind. Es muss ein Wind gehen.

Noch eine Weile sitzt Merih da und sieht auf die leere aufgebaute Bühne. Hinter sich die Stuhlreihen, in denen er vor wenigen Stunden probegesessen ist, um den Idealabstand zur Vorderreihe auszumessen. Als er aufsteht, stößt er seinen Plastikstuhl zurück, der stößt gegen einen anderen, sie verschieben sich ineinander. Merih hält inne. Schaut wieder auf die Bühne, auf die Stühle, auf den Berg vor sich. Da drinnen gibt es jetzt neue, mühevoll ins Berginnere geführte elektrische Leitungen und eine Stimme, die auf Knopfdruck jederzeit ins Dunkle spricht, für nichts und niemanden, denkt sich Merih, und wieder wird der rote Knopf kaputtgehen, und niemand wird sich darum kümmern. Dann geht er von der einen Seite des Stuhlfeldes quer durch bis zur anderen, die Stühle verkeilen sich, fallen um, es kratzt hell auf dem Asphalt. Er sieht zurück auf die Diagonale, die er durch die Stühle gezogen hat. Ein Foto aus der Vogelperspektive: er, ganz klein neben den vielen Stühlen. Er selbst als eine sehr traurige Randfigur.

Zurück in seinem Zimmer legt er seine Klamotten und Bücher auf die Bettdecke. Es wird alles in den Rucksack passen, mit dem er gekommen ist. Nur die Schnapsgläser, die er heimlich aus dem *ESPRESSO* mitgenommen hat, sind dazugekommen. Er kann alles mitnehmen. Er kann auch alles hierlassen, irgendwo im Wald vergraben oder einfach in seinem Zimmer vergessen. Vielleicht wäre es gut, einfach ohne Gepäck in den Bus zu steigen und nicht zu wissen, wohin. Irgendwo aussteigen und dann irgendwo neu anfangen und so tun, als wäre er nie hier gewesen.

Der Junge vom Brunnen kam später noch zum Fest. Er zog eine Girlande von der Laterne und ließ sich die Glitterfäden ins Haar und in den T-Shirt-Ausschnitt regnen. Er nahm sich Kekse und Saft vom Buffet, aß in aller Ruhe und betrachtete die Bühne und die Stühle, er schien sich nicht zu wundern, und vor allem sah er Merih nicht, der die ganze Zeit in der ersten Reihe saß und ihn beobachtete.

Ob es in Ordnung wäre, wenn sie mit ihrem Vater gleich in die Stadt fährt, fragte Lara, nachdem sie nach der Abfahrt des Chefs noch gemeinsam in der Höhle waren, um die neue Licht- und Klanginstallation einzuweihen, aber nach einer unangenehmen Stille im Dunkeln schnell wieder hinausgingen. Obwohl es natürlich ihre Entscheidung sei, in die er nicht eingreifen könne, sagte sie, aber jetzt sehe sie doch, dass es ihm nicht gut geht, sie verstehe nicht, es habe doch alles geklappt, die Beleuchtung, die Band, die Unterschriften, der Chef sei zufrieden –

Sie solle fahren, sagte Merih, sie solle sofort fahren.

Warum er so schnippisch reagiere, fragte Lara. Das sei ihr wieder zu viel Verantwortung, sie seien doch eigene Individuen, jeder für sich, sagte sie zum Abschied und ging, wie Merih vor dem Sommer aus der Wohnung gegangen war, vom Platz, verschwand hinter der Kurve, dann war er allein.

Er rollt seine zwei Hosen eng zusammen und packt sie in den Rucksack. Er sucht seine Zigaretten, klopft seine Taschen ab, findet sie nicht.

Er öffnet das Fenster, schließt es wieder, macht alles in gröberen Bewegungen als notwendig, als warte er nur darauf, irgendwo anzustoßen. Er mag das Fenster nicht, das Zimmer nicht, vor allem seinen Körper mag er nicht. Vielleicht muss er auf Reisen gehen. Vielleicht muss er sich in seinem Leben vor allem in Bussen, Taxis, Zügen aufhalten, vielleicht liegen ihm diese Zwischenzustände.

Der Bus kommt erst in einigen Stunden. Trotzdem schlüpft er in seine Schuhe, stolpert fast die Stiege hinunter und biegt, als er aus dem *ESPRESSO* hinaus ist, sofort nach links ab, um nicht auf den Hauptplatz zu sehen.

Seine Schuhe schnürt er erst zu, nachdem er einige hundert Meter gegangen ist, ohne sich umzudrehen. Er geht einfach, geradeaus, Blick nach unten auf die Straße, auf seine Schuhe.

Was ist das für ein Nicht-Ort, in dem die Häuser ausschauen, als würden sie in Städten stehen, wo es aber ringsum nur grüne Felder und Wiesen gibt, auf denen man wiederum niemals Kühe oder Weizen sieht?

Er legt seinen Rucksack bei der Bushaltestelle ab und geht die Schnellstraße hoch in Richtung Berg. Nicht die Auffahrt Richtung Museum, erst die Kreuzung danach biegt er in einen kleinen Schotterweg ein. Hier ist er noch nie gewesen. Aus der Ferne sieht er auf den Parkplatz vor dem Museum, die Bühne, die gestapelten Stühle. Er kann seine Schuhe leichter heben, wenn er sie anschaut, merkt er. Fast läuft er, so leicht setzt er seine Schritte. Erst als der Weg wieder eine Kurve macht und ansteigt, sieht er wieder auf. Er bleibt stehen und versucht sich zu orientieren.

Es ist eigentlich kein Weg mehr, nur ein Trampelpfad, der steil bergauf führt. Merih stützt sich bei jedem Schritt auf den Knien ab. Da mündet der Weg in eine größere Straße mit sandigem Untergrund.

Merih geht am äußeren Straßenrand. Neben ihm geht es für ein paar Meter senkrecht hinunter.

Kurz hält er an und zählt die Kurven unter und über sich, die er von hier sehen kann.

Von Hubertus geflogen, auf Thekla liegen geblieben.

Vor ihm liegt ein Strauß kleiner rosafarbener Rosen, noch in Plastik gewickelt. Mit einem Gummiband ist eine Packung Blumennahrung an die Stängel gebunden.

Er sieht hinunter, dann hinauf. Es dämmert schon. Alles hat diese komische Farbe, in der jede Bewegung fahrig wirkt.

(1502,0)

SUSA

Es ist grau heute. Nicht warm, nicht kalt, irgendwie gar kein Wetter. Es gibt eine einheitliche weiße Wolkendecke, die alle Menschen blass aussehen lässt. Der Sommer ist vorbei. Aber Susa mag auch den Herbst und den Winter, oder eigentlich mag sie nichts davon, vielleicht sind ihr Jahreszeiten egal. Es wird wieder ein Sommer kommen und danach noch einer und danach noch einer. Dann wird wieder die Luft im Tal stehen, und man wird sich nach einem Wind sehnen. Wenn dann die Gewitter kommen, wird man an die stille Hitze denken.

Feste veranstalten, das könne wohl nur sie, sagte der Bürgermeister zu ihr, als er abends im *ESPRESSO* saß. Endlich ist es wieder ruhig im Ort. Susa kennt jedes Auto, das am Hauptplatz vorfährt. Sie sagt den Leuten, dass sie langsam an die Winterreifen denken müssen. Sie lässt die Müllsäcke jetzt wieder in der Küche, bis die Müllabfuhr kommt.

Susa fegt mit einem Besen die Zigarettenstummel vor dem *ESPRESSO* zusammen. Erst am späten Nachmittag, fast Abend schon, geht sie hinauf zum Museum. Eine junge Frau, die sie nicht kennt, sitzt dort an der Kasse und zeigt ihr den Weg durch den Gang in den Besucherstollen.

»Ich weiß doch«, sagt Susa laut.

Der rote Knopf ist heller als früher. Er glänzt etwas mehr, kommt es Susa vor, er sieht irgendwie moderner aus. Es hängen auch mehr Kabel als früher von der Rückseite weg, sind mit U-Haken an die Felswand genagelt. Als sie daraufdrückt, kommt die Stimme. Wie der Blintelmann ein Stück Felsen aus einem Berg herausbricht, über das Tal fliegt, den Felsen abwirft –

Irgendwas daran hat sie sehr vermisst.

Erst in diesem Moment fällt Susa diese Stimme wieder ein. Es ist die gleiche wie früher. Erst jetzt fällt ihr wieder diese Stimme ein, und zwar so eindringlich, dass sie nicht mehr weiß, wie sie sie je vergessen konnte. Sie muss lächeln, so blöd, ganz allein vor sich hin. Eine Erinnerung überkommt sie, ja wirklich, überkommt sie, von hinten kriecht sie ihr hoch. Kein konkretes Erlebnis. Vor allem irgendwas Wohlfühlendes, das im Bauch sitzt.

Warum hat sie sich immer nur an die glänzenden Steine und nicht an die Stimme erinnert?

Die Lichter der Scheinwerfer sind dünn. Sie sind blau, violett und weiß. Sie gehen quer durch den Raum, zielen auf die Höhlenwände und an die Decke, wo eine türkissilberfarbene Erzspur in den Berg hineinläuft. Sie schaut hinauf. Ein bisschen glitzert es.

Sie denkt nach, wie es früher ausgesehen hat. Sie erinnert sich an glänzende Decken, in denen sie sich an manchen Stellen etwas verzogen in verschiedenen Farben spiegeln konnte.

Ihr Mann hat ihr früher Schubladen voller türkis-silberner Steine aus dem Berg mitgebracht, er legte sie auf den Küchentisch, sodass sie sie gleich sah, wenn sie abends in die Wohnung kam. Dann ging sie ins Schlafzimmer, wo er schon schlief, sein Gesicht ihrer Betthälfte zugewandt, und manchmal sah sie ihm einige Zeit beim Träumen zu. Ab und zu bewegten sich seine Finger im Schlaf, oder er öffnete kurz den Mund, schloss ihn wieder, dann legte sie sich zu ihm.

Sie drückt den Knopf noch einmal. Und macht die Augen zu.

(1527,9)

MERIH

Eigentlich hält er nichts von Träumen und vor allem von Trauminterpretationen. Aber dieser eine hat sich so festgefahren, dass Merih nicht mehr einschlafen kann: Er steht auf einem Gipfel. Von hier oben kann er in die Täler schauen, er sucht nach Orten, findet aber keinen. Er geht über den Kamm weiter zum nächsten Gipfel und wieder zum nächsten, sieht keine Menschen, keine Häuser. Immer weiter wandert er, bis er auf einmal auf einen Untergrund gerät, der nicht aus festem Gestein besteht, sondern aus lockerem, leichtem Geröll. Er sinkt mit jedem Schritt tief ein, und weil er die Füße nicht schnell genug wieder herausziehen kann, sinkt er jedes Mal tiefer, die flachen Steine in Rot, Violett, Blau reichen ihm schon bis zur Hüfte, bald bis zur Brust, bald ist er ganz eingegraben. Weiter geht er immer noch.

(1553,3)

TERESA

Sie haben die Werbung auf den Plakatwänden entlang der Schnellstraße ausgetauscht, sieht Teresa aus dem Busfenster. Ihre Schultasche hat sie auf den Schoß gelegt. Sie macht die Augen zu. Müde ist sie. Die letzten beiden Stunden waren Sportunterricht. Sie spürt den Kurven des Busses nach, dann steigt sie aus.

Sie geht am Hauptplatz vorbei, spricht kurz mit Patz. Im Laden ihrer Mutter holt sie eine Handvoll Colaflaschen, geht in Richtung *KAUFAHOI*. Die alte Frau Wallnöfer kommt ihr entgegen, Teresa grüßt. Ein hellgraues Kätzchen, das sie nicht kennt, läuft ihr über den Weg, sie bückt sich nach ihm, es schreckt sich, rennt weg.

Von der Seite sieht sie, wie sie sich in einem verstaubten Fenster spiegelt, bleibt stehen, bewegt sich nach links und rechts, schaut zu, wie das Spiegelbild es ihr nachmacht.

Sie folgt den Gassen hinaus aus dem Ort, hinauf auf die Wiesen. Vor dem Spalt bleibt sie stehen. Sie steht lang da und schaut hinein, schleckt sich den Zucker von den Händen.

Es beginnt in den Waden. Auf einmal. Dann in den Oberschenkeln und im Magen. Sie hebt die Hände, sie zittern, aber vielleicht ist es auch ihr eigener Kopf, der begonnen hat zu zittern und deshalb alles zittern sieht, doch sie weiß sicher, es gibt ein Zittern, das vom Boden ausgeht.

Sie kann das Zittern sehen. Unter den Bäumen am Waldrand stürzt der Boden ein. Die Wiese sieht jetzt aus wie eine grüne Sumpflandschaft, die sich in Wellen bewegt und dann nach unten wegbricht, Erde regnet auf Teresa, von oben und von den Seiten, von überall regnet es Erde und kleinere Steine, auch Wasser jetzt in harten, kleinen Tropfen.

Es klingt wie ein lautes, langes, sehr nahes Gewittergrollen. Teresa versucht stehen zu bleiben, nicht hinzufallen. Sie spürt es, jetzt überall. Ihre Oberarme, ihr Unterkiefer, ihr Herz, ihr Magen, selbst ihre Haare zittern. Jetzt kommt er. Endlich kommt er, und sie wird hier stehen, sie wird es wissen. Sie schaut auf den Berg.

(0,0)

Jetzt schläft alles. Alles ist dunkel. Es riecht etwas süßlich, nach verfaultem Obst und warmem Plastik. Die Äpfel fallen auf die Straße, und die Autos fahren sie platt, braune Flecken auf dem Gehstreifen neben der Schnellstraße, auf denen man ausrutschen könnte. Die Nacht riecht nach was. Viele gehen. Sie sagen: Man muss schauen, wo man bleibt. Man redet nicht mehr über die, die gegangen sind. Man denkt darüber nach, dass der Winter kalt wird, dass man früh genug Streusalz für die Straßen kaufen muss, dass man dann wieder zusehen wird, wie das Salz den Schnee zum Schmelzen bringt. Im Winter wird man wieder an Weihnachten und Neujahr und Glatteis denken können.

Auch in der Nacht sind die Häuser hohl. Die Glühbirnen der Laternen sind schon längst kaputt, niemand hat sie ausgetauscht. Aber trotzdem, da: Mancherorts glänzt es. Die Metallbank an der Bushaltestelle zum Beispiel. Die Plakette am Boden vor der Kirche. Das Balkongeländer aus Gusseisen. Man fragt sich, woher das Licht kommt. Dass sich doch irgendein Licht darin reflektieren muss, damit es überhaupt glänzen kann, in der Nacht. Ob sich die Plakette im Geländer und die Bank in der Plakette und das Geländer in der Bank widerspiegeln oder woher dieses Glänzen kommt. Man stellt sich vor, dass an solchen Orten Wölfe wohnen müssen oder Tiere mit zwei Köpfen oder drei Busen oder all diese Geschichten.

Aber jetzt schläft alles. Nur bei Susas orangefarbenen Milchglasfenstern ist Licht. Oder auch nicht, das weiß man von außen nie so genau. Allein die Katzen wissen Bescheid: Ihre Schreie ziehen lange Schleifen durch den Ort. Sie streifen zwischen den Mülleimern herum und haben grelle weiße Augen. Sie werden schon wieder Kinder bekommen. Sie sind missmutig. Susas Katze ist noch fetter geworden, vielleicht auch das Winterfell. Susa denkt noch immer, dass die Nacht rauscht, auch wenn sie die Fenster jetzt in der Nacht nicht mehr aufmacht. Nur einmal: als sie von einem Glänzen aufwacht, glaubt sie. Kein Geräusch, nur ein grelles Licht. Aber nicht die Sitzbank, nicht die Plakette, nicht das Balkongeländer. Als sie das Fenster aufmacht, ist es weg. Ab jetzt jeder für sich. Alles schläft.

Lieben Dank

an den Berliner Senat und das Österreichische Bundes-
kanzleramt für die Stipendien, an die Textwerkstätten
in Graz (liebe Jugend-Literatur-Werkstatt!), Klagenfurt
und Edenkoben für das Diskutieren und Nachdenken
über meinen Berg. Ich danke meiner Familie und meinen Freunden in Graz und Berlin, dass sie mich lang vor
mich hin arbeiten ließen und erst dann Fragen stellten, als
es wichtig war. Vielen Dank Paul Jandl für die Unterstüt-
zung von Anfang an, als noch gar nichts da war. Danke für
die ersten Worte zu AWG; meiner Mutter an diesem Son-
nentag in Piran, Anna, danke, dass du stets mit mir aufgeregt warst, danke, Simon, fürs immer wieder Hinein- und
Hinaushelfen. Lieben Dank an Valentin von der Agentur und, natürlich, allergrößten Dank an meinen Lektor
Christof fürs unermüdliche Weiterschrauben und Weiter-
denken.

Am Anfang war ein Berg.

Frei zitiert nach

- Bundesanstalt für Landwirtschaft und Ernährung, Deutsche Vernetzungsstelle Ländliche Räume (Hg.): Selbstevaluierung in der Regionalentwicklung. Leitfaden und Methodenbox. 2014.

- C.H. Fritzsche: Lehrbuch der Bergbaukunde. Erster Band. Schürfen, Tiefbohren, Gewinnung, Förderung, Grubenbewetterung, Kohlen- und Gesteinstaub. Geleucht des Bergmanns. 1955, Springer-Verlag.

- Dagmar Röhrlich: Urmeer. Die Entstehung des Lebens. 2012, mare.

- Novalis: Heinrich von Ofterdingen. 1987, Reclam.

- Novalis: Fragmente und Studien. Die Christenheit oder Europa. 1986, Reclam.

- Roland Barthes: Fragmente einer Sprache der Liebe. 2015, Suhrkamp.

- Staatsministerium für Umwelt und Landwirtschaft Freistaat Sachsen (Hg.): Leitfaden »Demokratie-relevanz« für Projektträger. 2012.

- William M. Brown: Fluctuating asymmetry and preferences for sex-typical bodily characteristics. In: PNAS 105/35. 2008.